Jeanette Winter

# Il Cancello del Crepuscolo

ROMANZO

Traduzione di Chiara Spallino Rocca

**MONDADORI**

Della stessa autrice in edizione Mondadori

*Il sesso delle ciliegie*
*Scritto sul corpo*
*Non ci sono solo le arance*
*Arte e menzogne*
*Simmetrie amorose*
*Il mondo e altri luoghi*
*PowerBook*
*Il custode del faro*
*Gli dei di pietra*
*Perché essere felice quando puoi essere normale?*

Questa è un'opera di fantasia. Nomi e personaggi sono il prodotto dell'immaginazione dell'autore e ogni somiglianza con persone reali, viventi o scomparse, è interamente casuale.

 www.librimondadori.it

ISBN 978-88-04-63830-8

# Introduzione

Il processo alle streghe del Lancashire è il più famoso dei processi per stregoneria avvenuti in Inghilterra. Le accusate furono condotte al castello di Lancaster nell'aprile del 1612 e giustiziate dopo le assise di agosto.

La Prigione del Pozzo può essere visitata e il castello è aperto al pubblico.

È il primo processo per stregoneria documentato nei dettagli. Thomas Potts, un avvocato, ne fece il resoconto in *The Wonderfull Discoverie of Witches in the Countie of Lancashire*. Può essere letta come la cronaca puntuale di un testimone oculare, pur essendo pesantemente inficiata dalle opinioni di Potts sull'argomento. Potts era fedele a Giacomo I, il solerte re protestante, autore di un'opera, *Daemonology*, che darà il tono e l'atmosfera a un secolo ossessionato dalla stregoneria e dalle eresie di ogni genere, comprese quelle legate alla vecchia fede cattolica.

Stregoneria e papato, papato e stregoneria: è alla stregoneria e al papato che, secondo la teoria di Potts, il diciassettesimo secolo attribuiva ogni atto sovversivo e diabolico.

Tutti i cospiratori della Congiura delle Polveri, che risale al 1605, fuggirono nel Lancashire. E il Lancashire rimase il baluardo della fede cattolica per tutto il diciassettesimo secolo.

La mia narrazione segue gli eventi storici dei processi alle streghe situandoli nel contesto religioso che li ha resi possibili, con il corollario di doverose supposizioni e invenzioni. Non sappiamo se Shakespeare abbia veramente fatto il precettore a Hoghton Hall, per quanto ci siano testimonianze credibili al riguardo. La cronologia dei drammi citati è corretta, così come l'uso che Shakespeare fa del religioso, del soprannaturale e del macabro.

I luoghi sono luoghi reali – Read Hall, Rough Lee, Malkin Tower, Newchurch in Pendle, Whalley Abbey. I personaggi sono realmente esistiti, nonostante mi sia presa qualche libertà con le loro motivazioni e il loro modo di agire. La mia Alice Nutter non è l'Alice Nutter della Storia, benché il motivo per cui questa gentildonna fu processata per stregoneria, insieme a canaglie come la Demdike e la Chattox, sia tuttora avvolto nel mistero.

La storia di Alice Nutter e di Elizabeth Southern è frutto della mia invenzione e non ha alcuna base reale; tuttavia, mi fa piacere che possa essere in qualche modo ricollegata al dottor John Lee, alle città di Manchester e di Londra, nonché a Shakespeare stesso.

E Pendle Hill è ancora l'enigma di sempre, anche se Malkin Tower non esiste più da molto tempo.

Jeanette Winterson
giugno 2012

# Il Cancello del Crepuscolo

*A Henri Llewelyn Davies*
*1954-2011*
*Strega di se stessa e mia*

# Pendle

Il Nord è il luogo oscuro.

Non è prudente farsi seppellire nella parte della chiesa rivolta a nord, e la Porta a Nord è il passaggio dei Morti.

Il Nord dell'Inghilterra è indomito. Può essere soggiogato, ma non può essere domato. Il Lancashire è la terra più selvaggia dell'indomito Nord.

Un tempo la foresta di Pendle era un terreno di caccia, e c'è chi sostiene che il cacciatore sia la collina stessa, una creatura viva nel suo mantello nero e verde, come la pelle tosata di un animale.

La collina, bassa e massiccia, ha la sommità piatta: meditabonda, si mimetizza nella nebbia, è infida per la presenza di paludi, è attraversata da fiumi impetuosi che si tuffano in cascate, che a loro volta scrosciano fragorosamente in pozze sconosciute. Nel sottosuolo c'è la roccia nera: la spina dorsale di questo luogo.

Le pecore brucano. Le lepri si ergono come punti di domanda.

Non ci sono pietre miliari che guidino il viaggiatore. Troppo presto o troppo tardi, la nebbia nasconde ogni cosa. Solo un folle, o chi s'immischia in traffici oscuri, oserebbe attraversare Pendle di notte.

Se sali sulla cima piatta di Pendle Hill, puoi vedere tutta la contea del Lancashire, e alcuni sostengono che si possa vedere anche altro. È un luogo infestato. I vivi e i morti si incontrano sulla collina.

Chiunque cammini in quei paraggi non può sentirsi solo.

Coloro che sono nati qui sono segnati da Pendle. Sono accomunati da un marchio. È ancora viva la tradizione, o la superstizione, secondo la quale una bambina nata a Pendle Forest dovrebbe essere battezzata due volte: una volta in chiesa e una volta nella pozza scura ai piedi della collina. Allora la collina la riconoscerà. Lei sarà il suo trofeo e la sua vittima sacrificale: dovrà venire a patti con il suo diritto di nascita, qualunque cosa significhi.

# John Law

John Law, il venditore ambulante, aveva preso la scorciatoia che attraversava la ripida scarpata di Pendle Forest chiamata Boggart's Hole. Il pomeriggio era troppo caldo per quel periodo dell'anno, e lui sudava nei vestiti invernali che aveva addosso. Doveva sbrigarsi. La luce si stava già affievolendo. Mancava poco al tramonto, l'ora liminale: il Cancello del Crepuscolo. Non voleva varcare la luce per entrare nello spazio che si celava al di là.

Portava sulle spalle un fagotto voluminoso e gli facevano male i piedi. Scivolò e allungò una mano per non cadere, ma sprofondò, prima coi polsi, poi coi gomiti e le ginocchia, in un fango marrone e ribollente, denso sotto la superficie del muschio spugnoso. Era un uomo pesante. Mentre tentava di rialzarsi, vide Alizon Device, la strega, ferma davanti a lui.

La strega cominciò a adularlo, sorridendo, agitando la gonna. Voleva le spille da balia che lui trasportava nel fagotto. *Baciami, ciccione d'un venditore.* Lui non voleva baciarla. Non voleva darle le spille. Sentì il verso della prima civetta: doveva andarsene.

La spinse via in malo modo. La donna barcollò e gli si aggrappò a una gamba per ritrovare l'equilibrio. Lui la allontanò con un calcio, lei cadde e batté la testa.

John Law si mise a correre.

Lei lo maledì. *Brutto ciccione! Prendilo, Fancy, spolpalo fino all'osso!*

Lui sentì un cane che ringhiava. Non lo vedeva. Il demone della strega… sì, doveva essere quello. Il Diavolo le aveva assegnato uno spirito con le sembianze di un cane che lei chiamava Fancy.

Continuò a correre. Un'altra donna, sbucata fuori dagli arbusti di ginestrone, gli sbarrò il passo. Aveva un agnello morto in braccio. La conosceva, era la nonna di Alizon, la Vecchia Demdike.

Riprese a correre. Le donne ridevano di lui. Erano due? O tre? O era il Diavolo in persona che aveva oltrepassato il Cancello del Crepuscolo?

John Law, correndo e incespicando, un'ora dopo varcò la soglia del Dog, a Newchurch in Pendle, e si accasciò a terra, con la schiuma alla bocca. Gli uomini gli allentarono i vestiti. Lui alzò tre dita e disse una sola parola: *Demdike*.

# Alice Nutter

Alice Nutter si allontanò a cavallo da Rough Lee.

Galoppò verso l'altura di Pendle Hill, da dove poteva voltarsi a vedere la sua casa nella luce ancora acerba del sole.

Era una bella casa: costruita in pietra, fiancheggiata da querce, con tigli addestrati a formare un viale che arrivava fino al portone. Siepi di carpino la circondavano, estendendosi in ampi e utili riquadri che portavano verso le stalle, i pollai, il laghetto dei lucci e i recinti dei cani.

Lì c'era ricchezza. La sua ricchezza. E lei non era nata ricca né aveva ereditato ricchezze. Aveva fatto fortuna grazie all'invenzione di una tintura, un color magenta che non stingeva nell'acqua, dotato di una strana e oscura profondità: era come guardare in uno specchio fatto di mercurio. La Regina ne aveva ordinato parecchie tinozze e Alice aveva lavorato per un lungo periodo a Londra, con una propria tintoria e un proprio magazzino.

La sua conoscenza delle piante e delle loro tinture, nonché il suo intuito per le combinazioni chimiche, avevano attratto l'attenzione di John Dee, matematico e astrologo della Regina. Avevano lavorato insieme nel laboratorio che lui aveva a Mortlake, dove utilizzava il calendario di tredici mesi. Era convinto di essere riuscito a creare una minuscola fiala dell'elisir della vita. Alice non ci credeva. In ogni caso, non era riuscito a salvare né la Regina né se stesso. Erano morti entrambi.

Elisabetta non aveva lasciato eredi. Nel 1603 la corona inglese era passata a Giacomo VI di Scozia, che così era diventato anche Giacomo I d'Inghilterra: un protestante, un uomo devoto, un uomo a cui non interessavano le tinture o altre frivolezze. Un uomo che aveva due ossessioni: liberare dalla religione papista e dalla stregoneria il regno appena conquistato.

Forse non si poteva dargli torto. Nel 1589, mentre ritornava in Scozia dalla Danimarca con la sua novella sposa, era miracolosamente scampato a un naufragio. Era stato un atto di stregoneria, ne era certo, e per questo aveva fatto processare e poi condannare al rogo le streghe a Berwick, presenziando alle udienze del tribunale.

Nel 1605, Guy Fawkes aveva cercato di farlo saltare in aria, ammucchiando sotto il Palazzo del Parlamento una quantità di polvere da sparo che sarebbe bastata a distruggere mezza Londra... e tutti i congiurati erano cattolici.

La Congiura delle Streghe e la Congiura delle Polveri.

Peraltro, ogni buon cattolico avrebbe assistito volentieri alla tortura di una strega, legata sulla ruota fin quando le spalle non le fossero uscite dalle clavicole e le caviglie e le anche non si fossero spezzate.

E quale strega avrebbe mai salvato un gesuita dal coltello con cui prima l'avrebbe castrato e poi sbudellato mentre era ancora vivo?

Giacomo era fortunato: i suoi nemici si odiavano.

Alice si domandava quanto potesse essere sicura una sicurezza che nasceva dall'odio.

Fischiò: un falcone si alzò in volo. Disegnando un cerchio nell'aria, scendendo in picchiata, il potente uccello atterrò senza esitazioni sul braccio teso di Alice. I suoi lunghi guanti non erano i normali guanti delle cavallerizze: erano pesanti, a doppia impuntura, e recavano i graffi dei ripetuti atterraggi del rapace. Appena si posò, lei prese dalla tasca un topo morto e glielo diede da mangiare.

Alice montava a cavalcioni. Non lo faceva quando andava in chiesa a Whalley, o a trovare il suo vicino, il giudice Roger Nowell, o a visitare gli ammalati, o a sbrigare i suoi affari in parrocchia. In quelle occasioni cavalcava all'amazzone e indossava un abito color magenta che risaltava sul mantello ramato della cavalla.

Sembrava bella. Era bella, anche se aveva… quanti anni? Nessuno lo sapeva. Ne aveva abbastanza per essere prossima alla morte, e se non fosse stata prossima alla morte, aveva comunque abbastanza anni per essere avvizzita e rugosa come le scialbe mogli beneducate di mariti pii con le loro amanti clandestine. E se non fosse stata così, allora ne aveva abbastanza per assomigliare alle megere sdentate e ripugnanti che non si potevano permettere un cavallo, e cavalcavano manici di scopa… almeno, così dicevano alcuni.

Questo era il Lancashire. Questo era Pendle. Questo era il paese delle streghe.

# Sarah Device

«Buttala in acqua!»

Sulla riva del fiume, la donna si dibatteva e scalciava. L'uomo alle sue spalle le tirò indietro le braccia, legandole le mani. Il vestito della donna si aprì. L'uomo di fronte a lei era alto, aveva la testa rasata e un viso affilato da topo. Le palpò i seni con entrambe le mani.

«Questa è una delle streghe Demdike che è riuscita a farla franca.»

Il conestabile Hargreaves, che le stava legando le mani, non ne aveva l'assoluta certezza. «Se è davvero una strega, Tom, dovrà essere provato secondo la Legge e le Scritture.»

«La Legge e le Scritture? Sua nonna e sua sorella sono in prigione al castello di Lancaster, con l'accusa di aver provocato infermità tramite atti di stregoneria.»

«Non avete prove per accusarmi!» protestò la donna.

L'uomo che si chiamava Tom le diede uno schiaffo sulla bocca.

«John Law, il venditore ambulante, è un mio amico. Non cammina più, non parla più. L'ultima parola che ha pronunciato è stata "Demdike".»

«John Law dice solo fesserie da ubriacone qual è.»

L'uomo la colpì di nuovo. Lei gli sputò addosso.

Hargreaves aveva fatto l'ultimo nodo. Era un uomo goffo e pesante, e con passo pesante girò attorno a Sarah Device per piantarsi di fronte a lei. Alzò tre dita. «John Law ha alzato tre dita. Tre donne l'hanno rincorso nella foresta. Se la terza non sei tu, allora dimmi chi è.»

«Figuriamoci, ti pare possibile che tre donne abbiano rincorso John Law? È brutto come la testa bollita di un animale.»

Tom Peeper le strappò il vestito dalle spalle, denudandola fino alla cintola. «Brutto? Non lo trovavi brutto, dato che ti sei sdraiata a pancia in su e hai aperto le gambe perché volevi le spille da balia che aveva nel fagotto.»

«Era cattivo quanto brutto, e grasso quanto zoppo. Se fossi rimasta sdraiata sotto di lui per tutto il giorno, la sera mi sarei alzata ancora vergine.»

«Vergine? Proprio tu? Se sei nata con le gambe aperte!»

«Gatti incarnati in donne, ecco cosa sono le streghe, creature che tentano gli uomini e alla fine li portano al peccato e alla dannazione.»

Sarah Device gli sorrise. «Tommy, Harry, lasciatemi andare. Vi darò piacere per la vostra gentilezza.»

Gli uomini si guardarono. Tom si slacciò le brache. Aveva un'erezione. «Ti manca il tuo manico di scopa? Eccotene un altro.»

«Non guardarla negli occhi, Tom. Ha lo sguardo della Demdike» disse Hargreaves.

«Spogliala» disse Tom. «Cerca i marchi della strega. C'è un gatto che ti lecca, vero, Sarah? È Tibbs? O Merlin? L'ho visto, quel gatto nero con gli occhi come carboni ardenti.»

«Se non mi slegate non potete toccarmi. Poi farò quello che vorrete.»

«Farò quello che voglio ora» disse Tom. «Non quando me lo dice una baldracca come te. Tienila ferma, Harry.»

Tom Peeper violentò Sarah Device.

Fu una cosa rapida: era allenato. «È bagnata fradicia come una palude, pronta per te, Harry. Sono tutte asciutte, le Demdike.»

Un ragazzo con una canna da pesca avanzava lungo la riva. Si fermò a guardare la donna con il vestito strappato avvoltolato attorno ai piedi. Stava per correre via, ma Tom Peeper lo afferrò.

«I giovani hanno l'occhio lungo. Cerca su di lei i marchi della strega, Robert. Su, ragazzo, mettile le mani addosso. Ti piacciono i suoi seni? Non può farti del male.» Prese la mano di Robert e la posò sul petto di Sarah.

«Toccami un'altra volta e ti maledirò.»

Tom Peeper rise. «Non hai il potere di farlo, ora che la Vecchia Demdike è in galera. Non aver paura di lei, ragazzo. Ecco…»

Si piazzò dietro a Sarah e la fece cadere in ginocchio, mettendosi a cavalcioni su di lei e schiacciandole le spalle con il suo peso; Sarah sentiva i suoi testicoli premerle sul collo.

«Tira fuori l'uccello, ragazzo. Te lo succhierà, se vuole tornare a casa sana e salva.»

«Prima mi deve baciare. Sono una donna, io.»

Tom fece un cenno a Hargreaves, che spinse il ragazzo a inginocchiarsi davanti a Sarah. Non la guardò. Lei si protese e lo baciò. Sapeva di paura. Sarah smise di lottare e chiuse gli occhi. Sentì la lingua di lui nella bocca. Le girava la testa. Non mangiava da due giorni. Aveva il sole in faccia e un'ombra fredda le gelava la schiena. Sentì un rumore di zoccoli. Il Signore delle Tenebre sarebbe venuto a prenderla presto. Non glielo aveva sempre detto Demdike? Oggi, domani, dopodomani.

Il ragazzo le posò le mani sui seni, tastandole i capezzoli. Si stava eccitando. Lei sentiva delle voci, come se fosse sott'acqua. Dopo il sesso, l'avrebbero buttata nel fiume. L'avrebbero uccisa. Oggi, domani, dopodomani.

Reagì con un morso.

Il ragazzo indietreggiò emettendo un grido strozzato e perse i sensi. Sarah, con la bocca piena, sputò per terra la lingua insanguinata. Si alzò in piedi, con la bocca aperta e coperta di sangue, e si mise a ridere, di un riso sguaiato e isterico.

Tom sguainò il pugnale appeso alla cintura. «Ti taglierò quella gola da strega, brutta donnaccia.» Con una mano la agguantò per i capelli, scoprendole il collo, e la gola di lei restò esposta, rivolta verso il cielo. Sarah aprì gli occhi. Ti prego, fa' che lui arrivi.

Sentì un cavallo… più veloce ora, più vicino. Ti prego, fa' che arrivi.

Alice Nutter si lanciò contro Tom Peeper, buttandolo a terra. Sarah Device si alzò in piedi e si appoggiò al posteriore della cavalla. Tremava.

Il conestabile Hargreaves cominciò a borbottare qualcosa sulla necessità di provare che era una strega. Alice Nutter lo interruppe bruscamente. «Sarà il giudice a decidere chi verrà sottoposto a una prova. Non certo il popolo.»

«Ha stregato John Law!» disse Hargreaves.

«È una bugia!» disse Sarah. «Non ci sono accuse contro di me.»

Tom Peeper si alzò da terra e trascinò con sé Robert, il ragazzo mutilato. Gli scostò le mani dalla bocca insanguinata. «Vedete cosa ha combinato? Quale donna, se non è una strega, farebbe una cosa simile a un uomo?»

«E quale uomo, se è un vero uomo, farebbe una cosa simile a una donna?»

I due non risposero.

«Portate il ragazzo dall'erborista a Whalley e mandate a me la parcella.»

«L'erborista è una strega» disse Tom.

«Certo, e anche tutte le levatrici, secondo quelli come voi. Portatelo via e occupatevi di lui prima che soffochi nel suo stesso sangue. Sarah Device, tirati su il vestito. Tu verrai con me.» Prese un panno dalla bisaccia e glielo diede perché si pulisse la bocca. Sarah non parlava. Non aveva smesso di tremare.

«Conestabile Hargreaves, slegatela!»

Hargreaves tagliò le corde con un sol colpo di coltello, senza preoccuparsi di scalfire la pelle dei polsi di Sarah. Poi si chinò e raccolse la lingua strappata. «Vuole forse portarsela via e consegnarla a sua nonna, la Vecchia Demdike, rinchiusa nel castello di Lancaster?»

Alice Nutter non si scompose. «Impacchettatela e datemela.» Fissò Hargreaves dritto negli occhi. Alla fine lui distolse lo sguardo, prese da una tasca il fazzoletto, vi avvolse la lingua e la consegnò ad Alice, che la mise nella bisaccia.

Hargreaves fece per dire qualcosa, ma Alice Nutter non era il tipo di donna che si lasciava intimidire.

Senza degnare di uno sguardo Sarah, aggrappata a uno degli staffili, Alice partì.

Hargreaves e Tom Peeper la guardarono allontanarsi. Nessuno dei due parlò finché lei non fu abbastanza lontana da non sentirli. Hargreaves disse: «Monta a cavalcioni come un uomo, e con un falcone al seguito. Non è cosa per donne, l'arte della falconeria. Ti dico che non mi fido di lei. Una donna che monta a cavalcioni, con un falcone al seguito: non è naturale».

«E ha preso le parti della strega.»

«Ti dico che sono della stessa risma.»

«Non definiresti Alice Nutter una strega, vero, Harry?»

«Non la definirei un bel niente, Tom, perlomeno non in pubblico, ma sono tanti quelli che, in cuor loro, avrebbero molto da ridire sulla sua ricchezza e sul suo potere, su chi favorisce e su chi disdegna... e sul perché. Perché mai ha permesso alle Demdike di vivere a Malkin Tower, sulla sua terra?»

«Non puoi accusarla di niente.»

«Non sarò io a farlo. C'è chi lo farà, se avrà le prove.»

Tom Peeper annuì. «Allora dovresti proprio andare a Read Hall, Harry, per raccontare al giudice Nowell quello che è successo.»

# Roger Nowell

Roger Nowell era un bell'uomo. Un buon lettore e un cavaliere provetto, capace di apprezzare sia uno spettacolo teatrale che un combattimento di galli. Era il giudice di pace di Pendle Forest e il signore di Read Hall, la casa più elegante di Pendle.

La Vecchia Demdike e sua nipote Alizon erano state trascinate davanti a lui con l'accusa di aver fatto ammalare John Law, il venditore ambulante, con le loro pratiche di stregoneria. Era stata Mother Chattox ad accusarle. Era stata lei a vederle, quel giorno a Boggart's Hole.

Ma la Vecchia Demdike, nota per la sua furbizia, si era girata di scatto per affrontare la Chattox, la sua accusatrice, accusandola a sua volta di essere stata una strega già nel grembo materno. *Battezzata due volte: una volta in nome di Dio e una volta in nome di Satana. Ne porta i marchi.*

Dal momento che si accusavano a vicenda, gridando come ossesse, e dal momento che John Law era in punto di morte, Roger Nowell doveva prendere una decisione: o le spediva tutte e due a Lancaster, dove avrebbero atteso il processo, o le consegnava alla gente del paese, che le avrebbe buttate in acqua per vedere se annegavano o restavano a galla.

Aveva sperato di riportare la calma rinviandole a giudizio: non gli piaceva l'eccitazione bavosa della folla. Purtroppo la notizia sensazionale di quel nido di streghe si era diffusa oltre i confini del Lancashire e ben presto aveva raggiunto Londra. Così Roger Nowell era stato costretto a ricevere un visitatore sgradito a Read Hall: Thomas Potts di Chancery Lane, il cancelliere della Procura della Corona.

«Cos'altro volete?» chiese Roger Nowell. «La Demdike e la Chattox verranno processate nelle assise di agosto. Non c'è altro da dire o da fare, e io preferirei tornare alle mie consuete occupazioni subito dopo Pasqua.»

Potts s'inorgoglì tutto nella sua gorgiera. Era un ometto fiero, un galletto tutto piume e niente speroni. «Re Giacomo è un'autorità in fatto di stregoneria. Quale altro monarca ha scritto un libro sull'argomento?»

«E con questo?» replicò Roger Nowell.

«Con questo voglio dire che se vi foste preso il disturbo di leggere *Daemonology*, avreste compreso quello che il Re, nella Sua saggezza, ha compreso, ovvero che dove c'è una strega ce ne sono tante. E qui abbiamo quattro streghe…»

«Tutte messe sotto chiave.»

«La Vecchia Demdike ha famiglia. Mother Chattox ha famiglia. Sono delle serpi, signore. Lo ripeto, delle vere serpi.»

Potts amava ripetere le cose. All'infinito. Roger Nowell si dominò.

«Ho letto *Daemonology* e molti altri testi sull'argomento della stregoneria. In passato, nella famiglia di mia madre c'è stato un caso di possessione demoniaca.»

«Ne sono informato» disse Potts.

«E dunque io vi comunico, nella mia qualità di giudice di pace del distretto di Pendle, che quattro streghe saranno processate. Non ci sono altri accusati.»

Potts camminava a grandi passi nella stanza. «Certo che non ci sono altri accusati. E quanto ai loro sporchi affari? Come no! In tutta l'Inghilterra non c'è contea più famosa per le streghe del Lancashire. L'abbazia di Whalley, prima di essere distrutta da Re Enrico VIII, nella Sua opportuna e saggia Riforma, era stata l'altare sacrilego dell'anacoreta Isolde de Heton, un'eremita divenuta strega.»

«Vedo che nel tempo libero vi siete dedicato allo studio della nostra storia locale» disse Roger Nowell.

Potts era del tutto privo di senso dell'ironia. «E quella Lady Isolde – una donnaccia e un'arpia, altro che una signora! – appena è stata scoperta è fuggita dall'abbazia e si è rifugiata a Malkin Tower, dove ora vive la strega Demdike.»

«Negli anni in cui era disabitata, Malkin Tower ha ospitato pecore e maiali. Le Demdike sono lontane dai villaggi dei dintorni e fanno meno danni che altrove. La terra è di Alice Nutter. È vedova, dunque è libera di fare ciò che vuole con la sua proprietà.»

Potts lo guardò infuriato. Ci teneva a essere preso sul serio. «È stato notato, signore, e dalle somme autorità del Regno, quanto voi nel Lancashire siate inefficaci nell'individuare e sradicare il male. Domani è Venerdì Santo, mi aspetto un sabba a Pendle Hill.»

«Davvero?» disse Roger Nowell. «Io sarò in chiesa. A Whalley.»

Si compiacque nel vedere Potts che arrossiva d'indignazione, ma il suo ospite non aveva nessuna intenzione di darsi per vinto.

«Dal momento che prendete così sottogamba la perversione della stregoneria, cosa avete da dire sull'altra questione?»

Roger Nowell sapeva già quale sarebbe stato il seguito.

Potts si inorgoglì di nuovo. «Avete dimenticato che solo sei anni fa, dopo la Congiura delle Polveri, ordita per togliere la vita al Re legittimo, incoronato e unto dal Signore, tutti i cospiratori sono fuggiti nel Lancashire?»

Roger Nowell non l'aveva dimenticato.

«Che cosa è peggio, signore? Una Messa solenne o una Messa nera? Praticare la stregoneria o praticare la religione del passato? In entrambi i casi, si tratta di alto tradimento contro la Corona. Stregoneria e papato, papato e stregoneria. Che differenza c'è tra le due cose?»

«Mi state dicendo che una Messa celebrata nel nome di Dio è una profanazione? Paragonabile alla Messa nera del Principe delle Tenebre?»

«Sono entrambe diaboliche» disse Potts. «Sovversive e diaboliche. Diaboliche e ...»

«Sovversive» disse Roger Nowell.

«Sono contento che almeno su questo concordiamo» continuò Potts. «Poiché se così poco è stato fatto per cancellare la macchia della stregoneria da queste terre, ancora meno è stato fatto per perseguire coloro che sono leali al Re soltanto a parole e tuttavia seguono la vecchia religione…»

«Se vi riferite a Sir John Southworth…»

«Proprio a lui.»

«Paga le sue ammende di ricusante cattolico perché si rifiuta di frequentare la Chiesa d'Inghilterra e non fa del male a nessuno. Non è un gesuita. È un vecchio che segue tranquillamente la sua coscienza. Non celebra messe e non nasconde preti. Inoltre è mio amico.»

Potts alzò il suo sguardo penetrante sull'ospite. «Voi non vi scegliete gli amici con la dovuta cura.»

«Lo conosco da sempre» replicò Roger Nowell.

«E cosa mi dite di Christopher Southworth, il figlio, il gesuita?»

Roger Nowell era sulle spine. Non era facile rispondere.

«Christopher Southworth è un traditore, su questo non ci sono dubbi. Se fosse qui lo arresterei, nonostante la mia amicizia con suo padre. È fuggito dalla prigione dopo aver preso parte alla Congiura delle Polveri e adesso è in Francia. Voi lo sapete.»

«So che sta addestrando preti sotto la guida di padre Gerard per poi mandarli in segreto in Inghilterra. La missione inglese è pagata e protetta dal Papa in persona.»

«Questo lo so anch'io. Andate a prenderlo in Francia, allora.»

«Ci abbiamo provato. In un paese cattolico sarà difficile riuscirci.»

«E allora lasciate perdere» disse Roger Nowell.

Potts spalancò gli occhietti. «Lasciar perdere? La ricompensa è notevole. Per non parlare della gloria. Della promozione. Se io avessi un ruolo determinante nella cattura di Christopher Southworth, Re Giacomo mi innalzerebbe di rango.»

Roger Nowell aveva una gran voglia di innalzare Potts per il bavero e buttarlo nel fuoco. Invece si impose di parlare in tono pacato.

«Christopher Southworth è un traditore, non un pazzo. Se mettesse piede nel Lancashire lo verrei a sapere nel giro di un giorno. Non ritornerà mai qui.»

«Potrebbe anche tornare» disse Potts. «Ho fatto arrestare sua sorella.»

Roger Nowell fu colto alla sprovvista. «Jane? Lei è protestante! È l'unica dei Southworth che ha rinunciato alla vecchia religione, tanto che Sir John non le rivolge più la parola... Non potete arrestarla per...»

«Per stregoneria» disse Potts.

«È insensato!»

«Mi sembra che voi prendiate tutto sottogamba. È stata accusata di aver provocato una malattia mortale infilzando una bambola con gli spilli. La sua domestica si è ammalata e ha rischiato di morire. La madre della domestica ha trovato la bambola irta di spilli come un porcospino e Jane Southworth è stata arrestata.»

«È agli arresti domiciliari?»

«È rinchiusa nel castello di Lancaster.»

«Con la Demdike e la Chattox?»

Prima che Roger Nowell potesse incalzare ulteriormente Potts sull'argomento, Harry Hargreaves fu introdotto nella stanza.

Il conestabile cominciò a spiegare, nel suo modo lento e goffo, ciò che era accaduto con Sarah Device e Alice Nutter. Roger Nowell riusciva a malapena a contenere la propria irritazione. Non lo stava ascoltando. Benché non avesse simpatia per Alice Nutter, di certo non l'avrebbe accusata di stregoneria. Lo preoccupavano molto di più l'intransigenza di Potts e la situazione dei Southworth.

Potts era molto soddisfatto delle novità di Hargreaves. Voleva che montassero subito a cavallo per raggiungere Malkin Tower, ma Hargreaves aveva altre notizie interessanti.

«Le mie spie mi hanno riferito di una banda di sconosciuti che stanno attraversando la foresta, vagabondi, con molta probabilità, sì, mendicanti che chiedono l'elemosina per Pasqua; o forse potrebbero avere qualcosa a che fare con la Messa nera del Venerdì Santo che, come sospettiamo, verrà celebrata domani a Pendle Hill.»

Potts, illuminandosi a questa prospettiva, ordinò a Hargreaves di radunare un gruppo di uomini e di spedirli sulla cima della collina, dove si sarebbero acquattati in attesa.

Roger Nowell fu sollevato nel vederli andarsene insieme. Potts non avrebbe potuto arrivare nel Lancashire in un momento meno opportuno. La stregoneria non interessava Roger Nowell: era solo frutto di superstizione e malizia. Anche lui aveva messo al lavoro le sue spie, e attendeva altre notizie.

*È lui? Il gesuita?*
*Sì.*
*Dobbiamo catturarlo?*
*Seguitelo.*
*Dove andrà?*
*Nel Lancashire, dove c'è la sua casa. A Pendle Forest, dove c'è il suo cuore.*

# Malkin Tower, Venerdì Santo 1612

Una strana banda di uomini e donne dall'aspetto selvaggio e cencioso giunse alla spicciolata a Malkin Tower.

Mouldheels era arrivata da Colne, chiedendo l'elemosina, maledicendo il prossimo e sputando lungo tutto il tragitto, seguita dal suo solito tanfo, senza portare con sé il manico di scopa, ma solo un gatto, pulito quanto la sua padrona era sudicia. Mouldheels aveva la carne che le cadeva a brandelli dal corpo, come se fosse cotta. E i piedi che puzzavano di cadavere. Quel giorno li aveva avvolti in stracci che trasudavano già.

C'era la bella Margaret Pearson, di Padiham, che si procurava da mangiare concedendo i suoi favori ai braccianti. Il puritano che possedeva il mulino la insultava chiamandola bagascia da strapazzo, e la picchiava tutte le volte che lei si avvicinava alla sua proprietà in cerca di un po' d'orzo. Invece suo figlio non la scacciava mai. La fornicazione era peccato, fuorché con una strega che ti aveva fatto un incantesimo.

C'erano anche John e Jane Bulcock: alcuni dicevano che erano marito e moglie, altri che erano fratello e sorella, malgrado dormissero nello stesso letto.

Era stata Elizabeth, la figlia sfigurata della Vecchia Demdike, a organizzare il raduno. Suo figlio James, "Jem" Device, aveva rubato un montone per arrostirlo durante il festino.

E c'era Jennet Device, una bambina cattiva e infelice, malnutrita e abusata. Suo fratello la portava con sé al Dog per pagarsi da bere. Tom Peeper sceglieva prede troppo giovani per rimanere incinte.

Per la prima volta da molto tempo, alla torre c'era un bel po' di movimento. Assi poggiate su cavalletti fungevano da tavolo e non c'erano piatti. Il montone che girava sullo spiedo, sopra un fuoco fumoso, fu strappato dalle ossa e servito direttamente sul tavolo. Ciascuno si era portato il proprio boccale, per riempirlo di birra.

Malkin Tower era una costruzione tozza e rotonda, solida, situata in un luogo isolato e sperduto, senza alcuno scopo che la gente ricordasse, senza altri abitanti che la famiglia conosciuta come "i Demdike".

La torre avrebbe potuto essere una prigione; era altrettanto tetra, priva di finestre, se si eccettuavano le feritoie rivolte a est e a ovest, a nord e a sud, simili a occhi sospettosi. Attorno all'edificio c'era un fossato pieno di acqua stagnante, coperta da uno spesso strato di alghe. Lì il sole non splendeva mai.

Era quasi mezzogiorno, ed erano in undici riuniti alla torre, quando Alice Nutter arrivò a cavallo, con Sarah Device che camminava accanto a lei. Elizabeth, la strabica, le andò incontro. Fece un piccolo inchino: «Mistress Nutter!».

Alice ricambiò il saluto senza calore. «Ieri Sarah stava venendo da me, per portarmi il tuo messaggio, e ha avuto un incontro poco piacevole con Tom Peeper e il conestabile Hargreaves. Consiglio caldamente a te e alla tua famiglia di stare lontano da quei due.»

La piccola Jennet uscì dalla torre. Scalza. Coi vestiti laceri. Emaciata e morta di fame, rosicchiava gelosamente un pezzo di carne grassa di montone, con l'avidità di una creatura selvaggia.

Alice Nutter scese dalla cavalla e tirò fuori dalla bisaccia pagnotte, burro, mele e una forma di formaggio. Li diede a Elizabeth. «Da quant'è che non mangia la bambina?»

«Da tre giorni, come noialtri, del resto. Secondo il pastore, in Quaresima si deve digiunare, perché alla Chiesa conviene affamare i poveri. Ho chiesto l'elemosina in chiesa e il pastore mi ha detto che il digiuno giova alle donne. Io gli ho risposto che dovevo essere la donna più santa di tutta Pendle!»

Alice gettò a Jennet una pagnotta e del formaggio. La bambina li agguantò e sparì tra i cespugli.

«Cosa vuoi da me?» chiese Alice.

«Signora, vi prego di entrare.»

Era uno strano spettacolo. Era una strana compagnia.

Gli ospiti erano imbrattati di unto e di grasso. Al centro di quel tavolo improvvisato c'erano i resti di una carcassa di montone, trafitta da un coltello da macellaio. La carne era già stata quasi tutta mangiata. Sul pavimento c'era una brocca di birra e una pentola di rape sobbolliva sul fuoco.

Alice fece il suo ingresso nella stanza; i commensali si alzarono e la accolsero con un inchino.

Elizabeth Device era alle sue spalle, insieme a Sarah Device. «Ora siamo in tredici» disse.

Alice Nutter si rese conto di quello che stava per accadere. «Non sarò io la tredicesima» disse.

Si girò per andarsene. Jem Device era dietro di lei, appoggiato allo stipite della porta, con un'ascia rudimentale in mano. Alice si guardò attorno. La torre non aveva altre uscite, nessun'altra via di fuga. Sentiva una penetrante puzza di marcio.

«Vi ho riuniti qui» disse Elizabeth Device «perché tutti noi insieme possiamo liberare mia madre Demdike e mia figlia Alizon, rinchiuse nel castello di Lancaster. Libererò anche la Chattox e sua figlia, se i suoi ci aiuteranno.»

Agnes Chattox fece un cenno di assenso.

«E io cosa c'entro?» disse Alice. «Se volete che interceda per voi con Roger Nowell, lo farò. Non perché siete streghe, ma perché non lo siete. La stregoneria è solo superstizione.»

Un mormorio si diffuse attorno al tavolo. Elizabeth parlò di nuovo.

«Alice Nutter! Mia madre, la Vecchia Demdike, vi conosceva bene, non potete negarlo, vero?» Alice non rispose. Elizabeth insistette: «Una volta, in tempi migliori, in tempi ormai dimenticati, eravate sua amica. Voi avete il dono della magia e l'avete appreso da John Dee, il mago della Regina».

«John Dee è morto» ribatté Alice. «E non era un mago, era un matematico.»

«E che mi dite di Edward Kelley? Era anche lui un matematico?»

Alice si stupì. Edward Kelley era il più celebre dei medium e degli evocatori di spiriti. Era stato amico intimo di John Dee a Manchester e a Mortlake. Era stato anche l'amante di Alice Nutter. Molti anni prima. Era morto da tempo.

«Che cosa vuoi da me?» ripeté Alice.

«Che facciate esplodere la prigione di Lancaster per liberare la Vecchia Demdike, Alizon, la Chattox e sua figlia, Nance Redfern. Che le facciate sparire da lì, portandole altrove. Non è chiedere troppo a una donna con i vostri poteri magici, e tutti noi vi serviremo come abbiamo servito la Vecchia Demdike.»

«Io non ho mai servito la Vecchia Demdike» gridò Agnes Chattox.

«In linea di principio hai ragione» disse Elizabeth. «Insomma, Agnes Chattox, sei disposta a servire Mistress Alice Nutter, sì o no?»

«La servirò se farà un maleficio.»

«Non posso fare un maleficio» disse Alice. «Non ho poteri magici.»

«E allora come avete fatto a procurarvi tutti quei soldi? E come avete fatto a non invecchiare? Guardatevi, non avete neanche una ruga e siete nel pieno delle forze, eppure non siete molto più giovane della Vecchia Demdike, che ha ottant'anni.»

I presenti erano ammutoliti. Alice era turbata, però non lo diede a vedere. «Non ho gli anni che mi dai. Conoscevo tua madre quando ero giovane, e lei aveva i suoi trucchi per mostrare un aspetto giovanile. La verità è che Demdike aveva la gioventù quando gli altri avevano i loro anni, e non che io allora avevo i miei anni e ora ho la gioventù.»

Questa risposta era sufficientemente confusa, e i presenti erano tutti convinti dei poteri della Vecchia Demdike. Poi Jem Device cominciò a dare calci alla porta con il tallone. «Faglielo fare, falla giurare.»

Gli altri seduti a tavola cominciarono a battere i pugni sul piano di legno al ritmo dei calci di Jem. «Faglielo fare, falla giurare, faglielo fare, falla giurare!» Picchiavano sempre più forte e gridavano sempre più sguaiatamente. Erano già ubriachi, e ora s'intossicavano con il pensiero del potere.

Jem Device si avvicinò al tavolo e lasciò cadere l'ascia. Tirò fuori un coltello e lo porse a sua madre.

«Prendile il sangue, falla giurare.»

Elizabeth era bianca come un cencio. «Non posso, Jem. È troppo potente.»

«Non è troppo potente per sanguinare» gridò Jem. Con un balzo si avventò su Alice e le sfregiò il braccio con il coltello. Lei sanguinò.

Il sangue impregnò la manica dell'abito e cominciò a sgocciolare a terra. I presenti si gettarono sul sangue, asciugandolo con le mani per poi leccarsi le dita. Ad Alice sembrò di essere attaccata da un branco di topi, e più li scacciava più le si affollavano attorno.

Era in pericolo e sapeva di avere solo una possibilità di uscirne viva. La colse al volo. Gridò: «Mettetevi in ginocchio!».

Loro indietreggiarono, spaventati. Alice ripeté il comando e, prendendo il coltello dalle mani di James Device, che era rimasto in piedi, gli ordinò di inginocchiarsi davanti a lei. James ubbidì.

Alice Nutter non ebbe la minima esitazione. Gli aprì la camicia e col sangue tracciò un triangolo sul suo petto nudo, allargandolo per abbozzare un pentacolo sanguinante. Lui tremava, terrorizzato.

«James Device, tu risponderai a me, che sono la tua padrona, di ogni tua azione. Se non lo farai, Satana si prenderà la tua anima. Mi hai sentito?»

«Sì, padrona.»

«Nutritevi del suo sangue.»

Fece un passo indietro e gli altri si gettarono su James come si erano gettati su di lei. Gli si avventarono sopra come una miriade di sanguisughe, come uno stormo di pipistrelli. Solo Elizabeth e Sarah non presero parte al festino.

«Sarete dunque la nostra guida?» chiese Elizabeth.

Prima che Alice potesse rispondere, qualcuno bussò con violenza alla porta. Le creature che si nutrivano di James Device interruppero il loro turpe banchetto e si alzarono in piedi. Di nuovo si udì bussare alla porta.

«Nel nome del giudice di pace, aprite questa torre!»

Con un cenno della mano, Alice intimò a tutti di ritornare ai propri posti. James si chiuse la camicia fino al collo. Alice indietreggiò. Elizabeth aprì la porta.

Lì fuori c'erano Roger Nowell, il conestabile Hargreaves e Tom Peeper.

# Scontro

«La vostra tenuta da cavallerizza è strappata» disse Roger Nowell appena si trovò davanti Alice Nutter.

«La cavalla si è impennata» rispose lei senza abbassare lo sguardo.

«Un banchetto, a quanto vedo» commentò Roger Nowell. «E a base di carne, per giunta, di Venerdì Santo, malgrado vi sia la regola di mangiare pesce.»

«I poveri hanno le loro regole» disse Alice. «I poveri devono mangiare quello che c'è, quando c'è. Per questa Pasqua i Demdike non hanno ricevuto elemosine da parte della chiesa, o di altre persone, e nemmeno da parte vostra. Sono venuta a portare alcune provviste. Ecco lo scopo della mia visita.»

«Avete portato voi anche il montone?»

«James Device, sei in arresto per il furto di un montone» dichiarò il conestabile Hargreaves.

«Dimostratelo!» gridò Elizabeth. «I Demdike hanno già sofferto abbastanza per colpa vostra.» Si voltò verso Roger Nowell. «Nonché per colpa vostra, mio buon giudice. Vorrei vedervi messi alla gogna con la stessa facilità con cui voi mettete alla gogna la mia gente. Vorrei vedervi bersagliati di spazzatura e immersi nel piscio vecchio di un giorno.»

Hargreaves le diede un manrovescio. Lei gli sputò addosso.

Roger Nowell le rivolse uno sguardo pieno di disgusto. Elizabeth Device era sporca e brutta. La strana deformità dei suoi occhi asimmetrici spaventava le persone. Un occhio guardava all'insù e l'altro all'ingiù; non aveva ancora quarant'anni, e i suoi capelli erano imbiancati precocemente, la pelle le si era seccata e ingiallita sulle ossa. Un tempo era sposata, poi era tornata a vivere con i figli a Malkin Tower, insieme alla Vecchia Demdike. A un certo punto, forse nove anni prima, era stata stuprata. Jennet Device, la bambina cenciosa, era il frutto dello stupro.

Elizabeth aveva un temperamento fiero. Mendicare non l'aveva ammansita. Se non riusciva a entrare nelle grazie del prossimo, era capace di incutere paura e suscitare disprezzo.

Roger Nowell abbracciò con lo sguardo i presenti, tutti sbrindellati, ubriachi, puzzolenti e spavaldi. Disse: «Ci è giunta voce che a Pendle Hill si terrà un sabba. Voi siete in tredici. Il tredici è il numero preferito delle streghe, il numero della congrega malefica che sfida i dodici più uno, ovvero Cristo e i suoi discepoli. Voi profanate un giorno sacro mangiando carne. Le vostre consanguinee si sono dichiarate colpevoli di stregoneria. Rimarrete sotto custodia qui a Malkin Tower per essere interrogati e messi alla prova, con qualunque mezzo si riterrà opportuno usare».

Alice Nutter fece un passo avanti. «E se Sarah Device fosse morta questa mattina nel fiume, avreste accusato Tom Peeper e il conestabile Hargreaves di assassinio?»

«Mandare a morte una strega non è assassinio. È la legge delle Scritture» disse Hargreaves. «*Non lascerai vivere una strega*. Esodo, capitolo 22, versetto 18.»

Roger Nowell guardò Alice Nutter. Era sorpreso. «Non mi aspettavo di trovarvi qui, signora.»

«Io sono una dei tredici che avete contato. Sono forse una strega? Fra i tredici c'è anche questa bambina cenciosa, è forse una strega?»

Jennet Device girava vorticosamente sulla soglia della porta.

Alice prese i guanti e scese gli scalini della torre.

«La lasciate andare?» chiese Tom Peeper.

Tom Peeper e Roger Nowell la seguirono all'aperto, dove Alice era intenta a slegare la cavalla.

«Mistress Nutter, io sono il giudice di pace del distretto di Pendle» disse Roger Nowell. «Devo trattare queste faccende con la massima serietà. John Law è in punto di morte. La Demdike e la Chattox si sono autoaccusate.»

«Lei difende le streghe» aggiunse Tom Peeper. Con un gesto improvviso, si allungò e afferrò la cavallina. Alice lo percosse sulle spalle con il frustino. La faccia di lui, contratta in una rapida smorfia, era trionfante. «Avanti, perquisitele la bisaccia, lei sa cosa c'è dentro, e anch'io lo so!»

Alice fece un passo indietro. Roger Nowell infilò la mano in una delle due bisacce e trovò una manciat˜ di nocciole. Le buttò a terra, guardando Alice dritto negli occhi. Frugò nella seconda bisaccia e tirò fuori il fazzoletto intriso di sangue.

«In nome di Dio, cos'è questa roba?»

«È la lingua di Robert Preston» disse Alice Nutter.

«L'ha presa per fabbricare un pupazzo del Diavolo!» gridò Tom Peeper.

«L'ho presa come prova» disse Alice. «Avete minacciato di affogare Sarah Device e l'avete violentata.»

«Questo lo dice lei. Il ragazzo l'ha baciata solo per divertirsi un po'. Per puro divertimento, Master Nowell.»

Roger Nowell allontanò da sé la lingua gonfia e nera, poi la gettò nei cespugli. Disse: «Mistress Nutter, vi chiederò di presentarvi da me alle sei di stasera».

Alice fece un cenno di assenso, montò a cavallo e si voltò, pronta a partire. Poi tirò le redini per un attimo e disse a Roger Nowell: «L'ho procurato io, il montone».

Nascosta tra i cespugli, la bambina, Jennet Device, aveva osservato la scena. Non appena i tre se ne furono andati, saltò fuori per arraffare le nocciole e per cercare l'altro cibo gettato lì intorno.

# Tutto ha inizio

Alice Nutter era nel suo studio quando ebbe la netta sensazione di essere spiata.

Nella stanza, rivestita di pannelli di quercia, c'era un grande scrittoio collocato sotto la finestra, anch'esso in legno di quercia, su cui erano posati due candelabri d'argento.

Stava rileggendo una lettera scritta molto tempo prima da Edward Kelley, il suo amante. Gliel'aveva mandata poco dopo che loro due, insieme a John Dee, si erano recati ad Amsterdam per intraprendere alcuni esperimenti alchemici. Edward Kelley aveva evocato uno spirito, un demone che chiamava Trumps, e poi le aveva scritto che, se mai si fosse trovata in difficoltà, avrebbe dovuto chiamare in aiuto Trumps. Il metodo per evocarlo era spiegato nella lettera, a cui aveva accluso anche un ricciolo sbiadito della sua chioma.

Alice posò il foglio. Gli avvenimenti della giornata l'avevano inquietata, ma il suo stato d'animo era dovuto anche a emozioni che non riusciva ancora a decifrare. Si alzò in piedi e si avvicinò alla finestra. Fuori l'aria era mite, eppure nello studio faceva freddo ed era scesa una strana oscurità. Chiuse la finestra, prese la pietra focaia e accese le candele, osservando le fiamme che guizzavano. Sebbene ora la stanza fosse più accogliente, lei aveva ancora freddo, così si chinò per fare un fuoco con la legna del melo accatastata nel grande focolare. Non chiamò un servo, perché aveva sempre amato accendere il fuoco. La legna s'infiammò e scoppiettò.

Di lì a poco avrebbe dovuto uscire per raggiungere Read Hall, dove la attendeva Roger Nowell.

Riprese in mano la lettera di Edward Kelley. Lesse a voce alta: «"E se lo chiamerai, ti sentirà e verrà da te come un angelo del Nord vestito di scuro. Ma tu incontralo là dove lo si può incontrare, al Cancello del Crepuscolo"».

Una corrente d'aria attraversò la stanza. Il fuoco appena acceso divampò e le fiamme si protesero, lambendo il piccolo parafuoco e incendiandolo.

Alice si mosse verso il parafuoco in fiamme, e in quell'istante sentì la voce di un uomo che pronunciava il suo nome. «Alice Nutter…»

A mani nude, spense le fiamme che bruciavano il parafuoco, lo lasciò fumante di cenere e andò verso la porta dello studio. La aprì e si sporse nel lungo corridoio buio che portava nella sua camera da letto. Guardò a destra e a sinistra: non c'era nessuno.

Tornò nello studio e chiuse la porta. Aveva un vago senso di premonizione: era come se il suo studio fosse *occupato*, era quella la parola che le balenò nella mente. *Occupato*… e non da una persona, bensì da una presenza.

«Chi c'è qui?» disse. Nessuna risposta, solo quella sensazione, sempre più intensa. Ripeté: «Chi c'è qui?». Questa volta percepì un movimento accanto allo scrittoio, sotto la finestra, ma, dato che la finestra era chiusa, non poteva trattarsi di una corrente d'aria.

La lettera di Edward Kelley era ancora sullo scrittoio. La guardò, e la lettera levitò – non c'era altro termine per descrivere ciò che stava accadendo –, levitò come se qualcuno l'avesse presa in mano per leggerla. Era sospesa nell'aria, trattenuta da cosa? Da una mano invisibile? Da un vento spettrale? Era pericolosamente vicina alla candela e, qualunque entità la reggesse, la avvicinò sempre più. Alice guardava, in una sorta di trance. La carta spessa venne sfiorata dalla fiamma. Alice si alzò, fece un balzo in avanti e afferrò la lettera e, appena la ebbe fra le mani, seppe che c'era qualcuno che la teneva lì. Fece appello a tutto il suo coraggio.

«Agirò quando sarò pronta!» disse. «Ora vattene.»

La finestra si spalancò. Una folata d'aria attraversò lo studio. Il fuoco si era spento. Le fiamme delle candele ardevano impassibili.

Alice chiuse la finestra e si preoccupò di sprangarla. Piegò la lettera e, nel piegarla, vide che, dove il segno della bruciatura aveva allargato l'inchiostro, i caratteri sembravano sollevarsi. "Il Cancello del Crepuscolo." Erano quelle le parole che la presenza misteriosa voleva che lei leggesse.

Aprì la piccola credenza piena di polveri e di fiale, infilò la lettera tra le boccette e la chiuse a chiave. Poi, per precauzione, prese un pezzo di gesso e tracciò un simbolo sulla porta dello studio. Non lo aveva mai fatto prima, però aveva visto John Dee farlo molte volte.

Era una forma di protezione? Un avvertimento? O un segno di riconoscimento?

Si era già incamminata sulla strada che non aveva mai voluto intraprendere. La Via della Mano Sinistra, così la chiamavano.

Non credeva nella stregoneria, ma aveva provato sulla sua pelle che la magia esisteva. La magia è un metodo, aveva detto John Dee, niente di più e niente di meno che uno strumento di cui l'uomo poteva servirsi per controllare le forze soprannaturali.

Alice sentiva di essere in pericolo. Avrebbe dovuto usare tutti i metodi possibili per salvarsi. Non sarebbe stata la prima volta.

Fuori dalla finestra, il servo conduceva al passo la sua cavalla. Si cambiò, indossando l'abito da cavallerizza color magenta. Doveva presentarsi all'appuntamento con Roger Nowell.

# Read Hall

Read Hall era un bell'edificio, solido, vecchio e imponente, con molte sale medievali e varie aggiunte postume. La famiglia Nowell viveva lì sin dall'inizio del quindicesimo secolo. Roger Nowell era orgoglioso della sua dimora e orgoglioso del suo lignaggio.

Nel chiarore della luna che illuminava la corte, uno dei servitori era in attesa con una torcia. Mentre Alice Nutter si avvicinava, un secondo servitore corse fuori per prendere in consegna il cavallo. Lei scese senza difficoltà dalla sella da amazzone: aveva un corpo forte e flessuoso.

Roger Nowell era vedovo. Alice Nutter era vedova. Erano entrambi ricchi. Sarebbero stati una bella coppia. La proprietà di Alice confinava con Read Hall. Ma loro non si erano corteggiati, si erano citati in tribunale. Roger Nowell rivendicava come proprio un appezzamento di terra che Alice Nutter riteneva suo. Era stata lei a vincere la causa. Roger Nowell non aveva mai perso nulla in vita sua, tranne sua moglie.

Il servitore la scortò nello studio dove scoppiettava un bel fuoco. Una bottiglia e due coppe d'argento attendevano su un tavolino. Era una stanza maschile, e vi aleggiava un odore di tabacco tutt'altro che sgradevole. C'erano libri e carta da lettere. Le piacque.

Il bagliore del focolare e le fiamme delle candele illuminarono la sua tenuta da cavallerizza, creando uno strano effetto, come se fosse fatta di acqua che aveva preso fuoco. La luminescenza della tintura era il segreto che aveva fatto la fortuna di Alice.

Roger Nowell entrò nella stanza e lei si voltò sorridendo. Per un attimo Nowell rimase senza parole: com'era bella e fiera! Le restituì il sorriso.

Senza chiederle se voleva del vino, glielo versò in una delle coppe d'argento. «*Hospice de Beaune*» disse. «Un gesuita l'ha portato dalla Borgogna.»

Bevve e si riempì di nuovo la coppa. «Perbacco! Un vero peccato per i papisti! Il loro vino è molto migliore di quello dei protestanti.»

«E perfino i protestanti hanno un vino molto migliore di quello dei puritani.»

Roger Nowell rise. «Mistress Nutter... non mi fraintendete. Non m'interessa più di tanto che forma di culto un uomo scelga, o se la sua coscienza sia guidata da un prete o dalle sue stesse preghiere. Non m'interessa più di tanto se una vecchia ignorante sia convinta che soltanto Satana può provvedere al suo sostentamento. Malgrado ciò, io sono un uomo pratico e devo fare il mio dovere.»

«Qual è il vostro dovere stasera?»

«Interrogarvi a proposito delle Demdike.»

«A quanto pare il Lancashire pullula di streghe» disse Alice Nutter.

«È quel che crede Master Potts. Sta tremando di freddo sulla cima di Pendle Hill e scruta il cielo in cerca di manici di scopa.»

Le versò dell'altro vino. Era vestito di velluto nero e camminava con passo felpato, come una pantera. Alice non l'aveva mai trovato attraente. Lui alzò la coppa, sorridendo. «Un brindisi per Potts, il nostro avvocatino chiacchierone, giunto fin qui da Londra.» ·

Bevvero. Lui disse: «Non amo gli avvocati e i loro traffici».

«E tuttavia mi avete trascinata in tribunale per la faccenda della terra.»

Era la cosa sbagliata da dire. La bocca di lui, aperta in un sorriso, si tese in una linea arcigna. Il tono non era più cordiale. «Sapete bene come la penso a proposito della terra: sono tuttora convinto che sia mia, nondimeno intendo attenermi alla legge.»

«Lo stesso vale per me, signore. Senonché, per quanto riguarda le leggi sulla stregoneria le Demdike vanno compatite, non punite.»

«Il raduno a Malkin Tower aveva uno scopo, signora, e io credo che voi sappiate qual era. Me lo direte?»

«Se loro ritengono di essere delle streghe, vuol forse dire che lo sono? Non fuggiranno certo da Malkin Tower a cavallo di una scopa, nonostante Master Potts desideri disperatamente vederle volare sopra Pendle Hill.»

Roger Nowell fece un cenno d'assenso e rimase in silenzio per un attimo. «Sta di fatto che le Demdike vivono su un terreno di vostra proprietà.»

«È un atto di carità, non un contratto di affitto stipulato con il Signore delle Tenebre.»

«Forse voi lo conoscete, quel signore?»

Alice era perplessa. Non si aspettava una simile domanda. Si girò. Lui si parò di fronte a lei, bello e pericoloso.

«Non vi sto accusando di essere una fattucchiera. La Demdike e la Chattox infilzano bambole con gli spilli e capovolgono ferri di cavallo per privare un uomo della sua fortuna e forse anche della vita. Sono state loro a far ammalare John Law? Quel che so è che lui ha corso a perdifiato, fino a farsi scoppiare il cuore.»

«Allora...» disse Alice. «Non capisco...»

Roger Nowell alzò una mano. «Ho viaggiato in Germania e nei Paesi Bassi. Conoscete la storia di Faust?»

«Quand'ero a Londra ho visto *Il dottor Faust*, il dramma di Kit Marlowe.»

«E allora saprete che Faust ha stretto un patto con Satana tramite il suo servo Mefistofele. Il patto garantisce immense ricchezze a coloro che lo siglano con il sangue. Questi uomini e queste donne sono inattaccabili. Vincono sempre le cause, per esempio.»

Roger Nowell tacque. Alice provò un senso di nausea e non disse niente.

«Spesso la ricchezza di queste persone è un mistero. Acquistano una bella casa, hanno a disposizione somme ingenti, eppure... da dove viene quel denaro?»

Ora fu Alice a pararsi di fronte a lui. Era indignata. «La mia fortuna viene dalla mia attività. Ho avuto l'autorizzazione di usare lo stemma reale sui miei prodotti, in qualità di fornitrice della Casa Reale.»

«E il vostro maestro era John Dee» disse Roger Nowell. «So molte cose del vostro passato, più di quante voi possiate immaginare. Gli Starkie, i parenti di mia madre, per un certo periodo sono stati posseduti dai demoni e hanno dovuto consultare John Dee, che in quel periodo viveva a Manchester.»

«Ne sono al corrente» rispose Alice «e so anche che John Dee è riuscito là dove i predicatori puritani hanno fallito.»

«È proprio quello che intendo dire» ribatté Roger Nowell. «Non sappiamo come ci sia riuscito, sappiamo però che i simili possono parlare con i loro simili.»

«John Dee è morto e non può rispondere alle vostre accuse. Lasciatelo riposare in pace.»

«Se è poi vero che riposa… È morto nel 1608, e c'è chi dice di averlo visto qui a Pendle, e che stesse venendo a farvi visita.»

Ora nella stanza c'era un'atmosfera oppressiva, come se un grande peso in ferro stesse lentamente scendendo dal soffitto.

«Permettetemi di leggere per voi» disse Roger Nowell. «È la serata giusta per leggere.»

Andò al suo scrittoio, tornò verso di lei e le si mise di fronte con un libro rilegato in pelle tra le mani. «Questo volume s'intitola *Discourse of the Damned Art of Witchcraft*, ed è stato scritto da una persona che conosco bene, un professore di teologia di Cambridge. Prego, sedetevi. Ascoltate quello che ha da dire: "Alla base di tutta la stregoneria vi è un'alleanza o un patto tra la strega e il Diavolo, mediante il quale si legano reciprocamente l'una all'altro… il Diavolo… per parte sua promette di essere pronto ad accorrere allorché la sua sottoposta lo chiama, di materializzarsi in qualsiasi momento nelle sembianze di qualunque creatura, di consultarsi con lei, di assisterla e aiutarla in ogni circostanza".»

Roger Nowell chiuse il libro e guardò in faccia Alice. «Voi avete un falcone. È il vostro demone?»

«Che cosa volete da me? La terra contesa?»

«Non mi piace perdere, e nemmeno piangere su ciò che ho perduto. Quella questione è chiusa.»

«E allora cosa volete?»

«Che mi spieghiate cosa è accaduto a Malkin Tower.»

«Ci sono andata su richiesta di Elizabeth Device. Ho portato con me dei viveri. Ho assicurato a Elizabeth Device che avrei interceduto presso di voi a favore della sua famiglia.»

«A favore di una famiglia di streghe confesse?»

«Quelle donne sono povere. Sono ignoranti. Non hanno alcun potere nel vostro mondo, così si devono accontentare del potere che hanno nel loro. Mi fanno compassione.»

«Compassione? Elizabeth Device fa prostituire la propria figlia.»

«E che dire degli uomini che ne approfittano? Tom Peeper violenta la piccola Jennet Device, che ha nove anni, ogni sabato sera, e la domenica mattina si fa vedere in chiesa.»

«Voi in chiesa non ci andate quasi mai» disse Roger Nowell.

«Se non potete accusarmi di essere una strega, forse potete accusarmi di essere una papista. È questo che volete?»

«La vostra famiglia è cattolica» disse Roger Nowell.

«Come lo erano tutte le famiglie d'Inghilterra prima che Re Enrico lasciasse la Chiesa di Roma. La Chiesa d'Inghilterra non ha ancora cento anni e voi vi meravigliate che siano ancora in molti a seguire la vecchia religione?»

«Non me ne meraviglio» disse Roger Nowell. «Ma mi meraviglio di voi.»

Rimasero entrambi in silenzio per un po'.

«Siete testarda» disse Roger Nowell.

«Non sono remissiva» rispose Alice Nutter.

Nowell si alzò in piedi e si avvicinò alla sedia di lei. Alice sentì il suo odore: un odore di maschio, di tabacco e di pino. Era così vicino che vedeva i primi fili grigi della barba. Le prese la mano, la sollevò verso la luce, guardandola, e mormorò: «Se pensate che io non creda ai poteri oscuri, vi sbagliate. Credo in Dio, e di conseguenza credo nel Diavolo».

«Il quale ha sicuramente di meglio da fare che aiutare le Demdike a prosciugare le mucche da latte, a rubare i montoni e stregare i venditori ambulanti?»

«Certo. Al processo delle streghe di Berwick molte delle accusate erano donne povere e ignoranti, ingannate da un'illusione di potere. Tuttavia, il loro capo era un uomo che avrebbe rischiato tutto pur di uccidere un re. E se le nostre streghe del Lancashire trovassero un capo come quello? Qualcuno dotato di una conoscenza delle arti magiche che gli deriva direttamente dal Diavolo? Faust aveva sottoscritto un patto del genere, ma era un uomo. E se invece a farlo fosse una donna? In voi la bellezza si fonde con la ricchezza e il potere. Che cosa non riuscirebbe a ottenere?»

«Io non ho poteri soprannaturali.»

«Eppure, come Faust, avete il dono di una strana gioventù. Sono in molti a chiedersi come mai il tempo non vi abbia toccata.»

«Sono esperta di erbe e di unguenti.»

Roger Nowell annuì. «Testimonierete contro le Demdike?»

«Non ho nessuna testimonianza da rendere.»

Nowell si alzò stiracchiandosi. Sorrise. «Allora forse sarete coinvolta nel processo in un altro ruolo. Mi auguro di non essere costretto a farlo. Per il momento mi piacerebbe invitarvi ad assistere a una rappresentazione teatrale.»

Alice era stupefatta.

«All'alba raggiungeremo a cavallo Hoghton Tower. Potremo vedere una nuova commedia di William Shakespeare che ha avuto un grande successo a Londra. Per un certo periodo lui ha fatto il precettore a Hoghton Tower e, a gentile richiesta, la sua commedia sarà messa in scena lì.»

«Ho visto alcune sue opere a Londra» disse Alice. «Di che commedia si tratta?»

«*La Tempesta*. Mi dicono che tratta di magia.»

Prima che Alice potesse rispondere, un servitore entrò di corsa nella stanza. Roger Nowell lo seguì subito nell'atrio quadrangolare. La porta d'ingresso era aperta. Fuori abbaiavano i cani.

Alice li raggiunse. Nell'atrio c'erano due uomini che non aveva mai visto prima. Avevano i vestiti inzaccherati di fango e chiazzati di sudore. Uno si stava asciugando la faccia con una pezza umida.

vete perso le sue tracce?» disse Roger Nowell. «A Samlesbury Hall?»

Uno degli uomini lanciò un'occhiata in direzione di Alice. Roger Nowell si girò, facendo un cenno con la mano come se tutta quella faccenda non fosse di nessuna importanza. «Un evaso. Un fatto inatteso. Uno dei miei uomini vi accompagnerà a Rough Lee, visto che non siete venuta qui con un servitore.»

Alice venne scortata fino al suo cavallo. Nella corte c'era un gruppetto di uomini che agitavano torce dalle alte fiamme. I mastini correvano avanti e indietro, alcuni con il naso incollato a terra, altri fiutando l'aria come se stessero dando la caccia ai fantasmi.

Percorrendo il breve tragitto che la separava da Rough Lee, guardò le torce che si abbassavano guizzando tra gli alberi mentre gli uomini seguivano i cani. La buia foresta sembrava in fiamme. Gli alberi erano illuminati come pire funerarie. Le sembrava di vedere corpi legati agli alberi, che bruciavano, bruciavano, bruciavano.

Spronò il cavallo.

Gli uomini si allontanarono dalla strada che portava verso la sua casa e andarono verso il fiume. La luna spuntò, rischiarando l'oscurità. Il cavallo si impennò. Proprio davanti ai suoi zoccoli c'era un'enorme lepre, tutta occhi, orecchie e sgomento.

La lepre aveva uno sguardo familiare. Che sciocchezza! Era solo una lepre.

Alice continuò a cavalcare, e al cancello di casa congedò il servitore di Roger Nowell.

Salì le scale per andare a letto, sbottonandosi la tenuta da cavallerizza. In sottoveste, aprì la porta della camera attigua allo spogliatoio.

Christopher Southworth era sdraiato sul suo letto.

# Christopher Southworth

Aveva gli occhi azzurri come cristalli in formazione. Una cicatrice gli solcava il viso dal sopracciglio sinistro alla parte destra della bocca.

Alice non lo vedeva da sei anni. Credeva che non l'avrebbe mai rivisto. Sentì bussare, gettò una coperta addosso a Christopher e aprì la porta della camera per prendere il pasticcio di pollo e il vino che aveva chiesto. Poi la chiuse a chiave e tirò le pesanti tende per oscurare la finestra.

«È a te che danno la caccia, Kit?»

«Prima fammi mangiare.»

Sembravano bambini: mangiarono in fretta, ridendo. Il cuore di lei batteva troppo forte e il viso di lui era tutto un sorriso. Si era intrufolato in casa appena scesa l'oscurità ed era salito su per la scaletta che portava allo studio di Alice, poi aveva percorso furtivamente il corridoio segreto che portava nella camera da letto. Alice fece scorrere la mano sul rigonfiamento di cicatrici che aveva sotto gli occhi e gli baciò le palpebre, dove la pelle era dura come cuoio.

Quando era stato catturato, dopo la Congiura delle Polveri, i suoi torturatori gli avevano squarciato la faccia con un ferro rovente. Lo avevano accecato rovesciandogli gli occhi all'indietro e versandovi gocce di cera calda. Lo strano azzurro dei suoi occhi era dovuto all'elisir che gli aveva ridato la vista. Ma nulla poteva nascondere le cicatrici.

«Non avresti dovuto tornare in Inghilterra, Kit. Questa volta ti impiccheranno.»

Christopher Southworth annuì e bevve un altro sorso di vino. «Ho dovuto farlo. Jane è stata arrestata con l'accusa di stregoneria.»

«Jane? Lei è protestante! È l'unica nella tua famiglia ad aver ricevuto la comunione anglicana.»

«So che è una trappola.»

«Sono davvero decisi ad avere la tua testa?»

«Non si fermeranno finché non avranno eliminato tutti gli autori della Congiura delle Polveri. Re Giacomo ha messo gli occhi sul Lancashire. È convinto che questa sia la contea dell'Inghilterra dove ha più minacce da temere, sia da parte dei traditori cattolici che da parte delle vecchie streghe.»

«La Demdike e la Chattox sono state portate al castello di Lancaster, in attesa di essere processate.»

«Lo so. Jane è lì dentro con loro. Resteranno nella Prigione del Pozzo fino alle assise di agosto. Non sopravvivrà a questa prova: una morte istantanea sarebbe più misericordiosa.»

«Sono appena tornata da un colloquio con Roger Nowell. Non me ne ha parlato.»

Alice raccontò a Christopher quanto era accaduto a Malkin Tower. Lui la ascoltò attentamente, inquieto, tamburellando con le dita sulla colonnina del letto.

«Niente di tutto ciò è frutto del caso o di una coincidenza. Siamo di fronte a un vero pericolo. Ascoltami, Alice. Torna sui tuoi passi. Porgi le tue scuse. Tergiversa. Non rischiare la tua vita per quella rozza famiglia di vagabondi e di ladri che tutti chiamano i Demdike.»

«Dunque, in fin dei conti, anche tu la pensi come tutti gli altri uomini? I poveri non devono avere giustizia, così come non hanno cibo, né un degno riparo, né una vita normale? È così che li ha trattati il tuo salvatore Gesù?»

Southworth si vergognò. Solo Alice Nutter osava parlargli in quel modo. Lui era avvezzo a somme dispute teologiche, a grandi cause, a passioni univoche, e lei gli ricordava che ogni giorno i poveri soffrivano solo per il fatto di essere poveri.

«Hai ragione» disse, «ma non ci sarà giustizia.»

Alice scosse la testa. «Una ragione in più perché debba esserci l'amore.»

«Amore? Per i Demdike?»

Alice disse: «Tu hai un dio che perdona il tuo passato, mentre io, il mio, lo porto con me ogni giorno».

«Perché parli del mio Dio? Qual è il tuo?»

Alice non rispose. Si era alzata in piedi e guardava l'oscurità che regnava fuori dalla finestra, nella corte vuota. Disse: «Ti racconterò la storia di Elizabeth Southern».

# Elizabeth Southern

*La sua famiglia veniva da Pendle Forest, come la mia, e abitavamo sui versanti opposti della collina.* Non ci conoscevamo. Si diceva che tra loro ci fossero delle streghe, ma a me la cosa non interessava.

Mi ero sposata in giovane età con Richard Nutter, e quando lui morì, poco tempo dopo, rimasi da sola e dovetti imparare a cavarmela. Fu allora che andai a lavorare a Manchester, alla Fiera dei tessuti, per vendere le mie tinture e le mie stoffe.

Una mattina, un gentiluomo distinto dall'aria severa si avvicinò al mio banco e mi chiese quale fosse la mia data di nascita. Piuttosto sorpresa, gliela rivelai, e lui fece un rapido calcolo, annuendo più volte. Soddisfatto, mi chiese se sarei stata disposta a incontrarlo a un certo indirizzo quella sera stessa. Mi disse di non avere paura, tutto ciò riguardava la Grande Opera. L'alchimia, precisò. «Sono il dottor John Dee.»

Mi recai alla casa indicata all'ora concordata. Oltre a John Dee, c'erano altre due persone nella stanza: un uomo che si chiamava Edward Kelley e una donna, Elizabeth Southern.

Questa donna lavorava per John Dee da più di un anno. Era molto dotata per la matematica, e lui le aveva insegnato a fare i calcoli astrologici di cui aveva bisogno per il suo lavoro. Usava il calendario lunare di tredici mesi.

Edward Kelley era un medium. Sosteneva di poter evocare gli angeli e altri spiriti.

John Dee mi chiese se sarei stata disposta a essere la quarta del gruppo. Ero predestinata, me l'aveva letto in faccia, disse, e ne aveva avuto conferma nell'apprendere la mia data di nascita.

Volli sapere che cosa avesse visto sul mio viso: lui si limitò a rispondere che sarei stata adatta alla Grande Opera.

Mi offrì una somma di denaro e mi propose di perseguire la Grande Opera insieme a loro, a Manchester, fino al momento in cui saremmo partiti per Londra.

Non avevo alcuna ragione per tornare a casa, a Pendle, né per rimanere nel Lancashire, così acconsentii.

Molti mesi più tardi, mentre stavo facendo una preparazione con il mercurio, Edward Kelley arrivò e annunciò che Saturno era favorevole per il doppio accoppiamento. Introdusse John Dee nella stanza e disse che dovevamo denudarci tutti e invocare il potere più alto.

John Dee non era d'accordo. Edward gli disse che un angelo gli era apparso in sogno e gli aveva rivelato che dovevamo condividere i nostri corpi. La Grande Opera avrebbe dissolto ogni confine. La Grande Opera avrebbe trasformato una sostanza in un'altra, un io in un altro. Potevamo fonderci in un unico essere, subire una trasformazione profonda.

Io ero timida e dimessa. Elizabeth Southern non lo era. Chiese a Edward Kelley di prendere i lunghi soffietti per alimentare le fiamme nella fornace e scaldare la stanza. Lui ubbidì e lei tolse dalla credenza alcune folte pelli di pecora e le distese sul pavimento. Poi si svestì.

Non avevo mai visto un corpo più bello del suo, né di donna né di uomo. Era snella, piena, morbida, tenebrosa, sontuosa, aperta, lussuriosa. Da vestita non era diversa da qualsiasi altra donna di belle forme, ma nuda sembrava una creatura diversa dagli altri esseri umani, una creatura soprannaturale. Non sembrava una dea, non è questo che voglio dire, ma piuttosto un animale e uno spirito che si erano fusi in un essere umano. *Un angelo*, disse Edward Kelley.

Entrambi gli uomini avevano un'erezione. Si avvicinarono per toccarla e lei baciò entrambi con lo stesso trasporto. Non aveva vergogna né paura. E io cosa provavo? Non provavo né desiderio né timore. Mi sentivo orgogliosa. Vi sembra strano? Ero orgogliosa di Elizabeth.

Edward Kelley e John Dee si accoppiarono con lei a turno. Quando tutto finì, John Dee tornò ai suoi libri, perché solo tra i libri era a suo agio. Edward Kelley si addormentò. Si erano dimenticati di me, e io non ne fui turbata.

Era sera e adesso la stanza era calda: il fuoco era rosso nella fornace e noi avevamo bevuto vino. Ero nuda, avvolta in una coperta.

Elizabeth si tirò su, appoggiandosi a un braccio, e mi sorrise. Guardarla negli occhi era come guardare in un'altra vita. Mi baciò sulle labbra. Mi infilò una mano tra le gambe e mi accarezzò finché nella mia mente tutto si dissolse, tranne il color magenta.

«Questo è il nostro amore» disse.

Passò un altro anno e noi quattro ci trasferimmo a Londra, dove John Dee aveva un laboratorio, nel sobborgo di Mortlake. Poi Edward Kelley e John Dee partirono per la Polonia. Per quasi un anno, Elizabeth e io restammo sole.

Affittammo un magazzino a Bankside, continuammo i nostri esperimenti alchemici e io scoprii, quasi per caso, i segreti della tintura che è stata all'origine della mia fortuna.

Quell'anno, il 1582, è stato il più felice della mia vita. Elizabeth e io eravamo amanti e vivevamo da amanti, condividendo il letto e i nostri corpi. Io la adoravo. Lei era audace quanto io ero schiva, sicura di sé quanto io ero timorosa. Da lei ho imparato l'arte di vivere e di amare, come da John Dee ho imparato l'astrologia e la matematica, e da Edward Kelley la negromanzia.

Una sera si tenne una rappresentazione al Curtain Theatre, a Shoreditch, un luogo squallido e chiassoso che a noi piaceva. Non ricordo cosa vedemmo, però ricordo che era presente la Regina.

Era accaduto che avevo perfezionato la mia tintura magenta e mi ero fatta fare un abito che avevo tinto io stessa. Lo indossai per l'occasione e ogni testa nel teatro si voltò per guardarmi, tali erano il luccichio e l'intensità della tinta.

Il giorno seguente la Regina mi mandò a chiamare.

Fu l'inizio della mia fortuna e l'inizio delle mie pene.

Elizabeth era gelosa. Era una donna gelosa di natura, ed era gelosa del mio successo e dei miei soldi. Io avevo la colpa di non dividere tutto equamente con lei. Diventavo sempre più ricca, investivo il mio denaro. Le compravo qualunque cosa desiderasse, ma non la consideravo mia pari.

E non ero più interessata alla Grande Opera. Cosa m'importava di trasformare il piombo in oro se potevo trasformare l'oro in oro?

La mia ricchezza cresceva.

E poi vennero i tempi bui.

Un giorno, mentre stavo lavorando, sentii un terribile fracasso che proveniva dal laboratorio sotto il mio, dove lavorava Elizabeth. Corsi alla porta e la trovai chiusa. La supplicai di aprire e non ottenni risposta. Salii al piano di sopra, presi un'ascia e buttai giù la porta. Elizabeth era lì, riversa sul tavolo, con il sangue che le sgorgava dal braccio. Si sentiva odore di bruciato.

Corsi da lei – la mia amata, la mia amante, il mio amore – e sullo scrittoio vidi una pergamena e della carta. Lei era immobile e non emetteva suono. Non sapevo se fosse svenuta o morta. Presi dell'acqua e gliela versai addosso per rianimarla.

«Ho venduto la mia anima» disse. «Ho firmato il patto con il sangue.»

Il giorno seguente lasciò la casa di Bankside e si stabilì in un meraviglioso alloggio a Vauxhall, vicino ai Pleasure Gardens. Con lei vivevano uno stuolo di giovani uomini e di giovani donne. Ogni notte c'erano feste e si faceva baldoria. Di giorno la casa era sprangata e silenziosa.

Molte volte mi recai da lei, inutilmente, perché i suoi servitori avevano l'ordine di non farmi entrare. Non sapevo dove avesse trovato tutto quel denaro, e immaginai che fosse diventata l'amante di un lord o di un duca.

Non credetti mai a ciò che mi aveva detto a proposito della sua anima.

E poi John Dee tornò a Londra per una breve visita.

Ormai il laboratorio era deserto. Sia io che Elizabeth avevamo abbandonato la Grande Opera. John Dee venne a trovarmi e devo confessare che provai un senso di vergogna, perché era a lui che dovevo tutto quello che ero riuscita a ottenere: era lui che mi aveva dato una possibilità di vita.

«Credi dunque» mi disse «che il fine della nostra opera fossero l'oro o cose futili come le tinte magenta? Non credi che riguardi l'anima?»

«Non so niente dell'anima» dissi. «Ci è richiesto di vivere come dobbiamo fin tanto che possiamo farlo.»

«Credi in Dio?»

«Non penso di crederci.»

John Dee annuì. «Credi nella vita che verrà?»

«Non penso di crederci.»

«Eppure con me hai visto molte cose insolite, vero? Apparizioni, spettri, visioni inesplicabili di forme non umane.»

«Credo che tutti questi fenomeni siano proiezioni magiche delle nostre menti, non apparizioni dall'aldilà.»

«Allora le nostre menti devono essere molto affollate.»

«Credo che noi siamo mondi compressi in forma umana.»

John Dee mi guardò e sorrise. «Mondi compressi in forma umana. Mi piace che tu l'abbia detto. Qualunque cosa tu sia, non sei pragmatica come temevo. E credo che manterrai i segreti che custodisci, i segreti dell'alchimia, il nostro nobile scopo.»

Gli dissi che poteva fidarsi di me e lui rispose che l'aveva sempre saputo. Poi il suo viso si oscurò. «Quanto a Elizabeth, non posso salvarla. Ha imboccato la Via della Mano Sinistra.»

«Vuoi dunque dire che esiste un Diavolo – con il forcone, gli zoccoli, le fiamme dell'inferno – e che si è impadronito della sua anima? È questo che vuoi dire?»

«Il Signore delle Tenebre non ha né forcone né zoccoli, ma è il Signore dell'Inferno.»

Quella sera scrissi una lettera a Elizabeth, implorandola di ricevermi.

# La rete

Christopher Southworth era balzato in piedi. Dalla corte, sotto la finestra, proveniva un gran baccano. Alice guardò fuori. Vide Harry Hargreaves che parlava in tono rabbioso allo stalliere. I suoi uomini avevano catturato qualcuno.

Christopher si stava infilando gli stivali e allacciando il fodero del pugnale. Alice gli diede una chiave. «Il mio studio è chiuso. Resta nascosto lì fin quando non arriverò io.»

Alice si legò i capelli, infilò una vestaglia, cercò una candela.

Fece per andarsene e Christopher la prese per un braccio. «Hai detto che quei fatti avvenivano nel 1582, vale a dire trent'anni fa. Quanti anni hai?»

Lei non rispose. Aprì la porta e scese al piano di sotto. I suoi servitori erano nell'atrio. C'erano anche il conestabile Hargreaves e James Device.

«James! Ti hanno preso perché stavi cacciando di frodo nella mia proprietà?»

«È sfuggito alle guardie che presidiavano Malkin Tower.»

«Ho sognato di essere una lepre e come una lepre sono scappato via.»

«E cosa ci fai qui, Jem?» chiese Alice.

Jem guardò Alice e non disse nulla. Hargreaves gli diede un pugno nello stomaco che lo fece piegare in due. «Cercavo un posto dove nascondermi.»

«E sei venuto a Rough Lee?» disse Hargreaves.

«Mistress Nutter mi proteggerà.»

«E perché mai dovrebbe proteggere un rifiuto umano come te?»

Alice Nutter disse: «Conestabile Hargreaves, l'ora è tarda. Non tocca a me rispondere delle vostre guardie ubriache che hanno lasciato fuggire quest'uomo, né della sua decisione di rifugiarsi qui. Possiedo fienili e stalle dove lui ha creduto di potersi nascondere, faccio la carità ai Demdike. Tutto qui. Adesso andatevene».

«È venuto da voi…» ripeté Hargreaves. «Avrebbe potuto cercare di nascondersi da qualsiasi altra parte, eppure è venuto da voi.» Diede un altro pugno a Jem.

Jem si voltò verso Alice, braccato come la lepre che aveva sognato di essere. «Aiutatemi» disse.

«Non posso aiutarti, Jem» rispose Alice.

«Portatelo via» ordinò Hargreaves. «Ma questa volta mettetegli le catene alle gambe.»

A poco a poco, i rumori degli uomini che si addentravano nell'oscurità si smorzarono, e l'ultima delle torce scomparve sulla collina. Alice tornò in casa e mandò a letto i servitori. Poi andò nello studio e liberò Christopher Southworth. Lui aveva sentito tutto e la prese per le spalle.

«Alice, davano la caccia a me e hanno trovato lui. Questa storia non mi piace. La rete si sta stringendo e tu non te ne rendi conto. Jem Device, o qualcun altro della sua stirpe demente, ti accuserà di stregoneria, quando si accorgerà che non hai intenzione di accorrere in loro aiuto. Tu vuoi proteggere i Demdike, ma loro non proteggeranno te.»

«Non ho finito di raccontarti la mia storia.»

# Il Signore delle Tenebre

*Quella sera scrissi una lettera a Elizabeth, implorandola di ricevermi...*

Il giorno seguente ricevetti la visita di un suo servo che mi pregò di presentarmi la sera stessa a casa della sua padrona, a Vauxhall. Era il Primo maggio, la festa di Beltane, e c'era la luna piena.

Seguendo le istruzioni, al tramonto mi presentai a casa di Elizabeth e congedai il mio servitore.

Sentivo suoni e rumori provenire dalla grande sala che era al centro della casa. Entrai e vidi un folto gruppo di uomini e donne che non conoscevo. Portavano tutti una maschera sugli occhi. Alcuni indossavano code di animali. Non venni annunciata, e nessuno mi diede una maschera. Mi aggirai liberamente nella sala, in cerca di Elizabeth. C'era un tavolo imbandito di cibi e bevande e c'erano due suonatori di violino.

Un uomo mascherato mi baciò. Lo respinsi. Lui disse: «Qui siamo tutti spiriti liberi».

All'improvviso mi venne incontro Elizabeth. «Alice! Stanotte celebriamo la grande festa di Beltane, e ho voluto che fossi dei nostri. Sei ricca, e potresti diventare ancora più ricca. La tua bellezza non sfiorirà. Il tuo potere aumenterà. Il Signore delle Tenebre ha chiesto di te.»

Fui attraversata da un brivido, improvviso come l'inizio dell'inverno. Perlustrai con lo sguardo la stanza e vidi un uomo basso e attraente che mi fissava con due occhi neri e profondi. Lui rispose al mio sguardo con un piccolo inchino.

Elizabeth rise. «Qui si tratta di potere immortale, non di semplice fascino.»

Mi baciò con passione. Mi tirò da parte in una stanzetta vicina alla sala. In men che non si dica ci eravamo spogliate e facevamo l'amore selvaggiamente.

Mentre lei mi toccava, avvertii qualcosa di strano nella sua mano sinistra. La strinsi, la guardai: il dito medio non c'era più.

«Ho sposato il Signore delle Tenebre» disse. «I cristiani ti danno un anello. Il Signore della Notte si prende un dito.»

Piegai le sue dita. Le baciai. «Tu sei mia» dissi. Lei scosse la testa. «Un tempo ero tua, ma tu non sei mai stata mia, vero, Alice? Mi hai dato il tuo corpo, ma non mi hai mai dato la tua anima.»

Le sfiorai il volto. I suoi occhi verdi erano colmi di lacrime. E tuttavia era diversa, profondamente cambiata. Era bella come sempre, ma aveva perduto quella sua morbidezza. Era luminosa come un relitto abbandonato in mare, come un tesoro che il mare ha ammantato di corallo.

Portava un cerchio d'oro al mignolo. Se lo tolse e me lo infilò al dito medio della mano sinistra. Ho le mani più piccole delle sue. «Ricordati di me» disse.

La guardai. Era la mia memoria: non avevo altri all'infuori di lei da ricordare.

«Ora sarai una di noi» disse. «Vieni!»

Mi lanciò una sottoveste di seta e mi prese per mano.

Ritornammo nella sala. Mi apparve diversa: un tavolo coperto di una stoffa rossa era stato collocato su una pedana. Sul tavolo c'erano quattro candele nere accese che emanavano un fetore disgustoso. «Zolfo e pece. Vieni avanti.»

Avanzai, e mi resi conto che, mentre io indossavo solo una sottoveste, gli altri ospiti mascherati erano completamente vestiti. Il cuore mi batteva troppo forte.

Una figura si avvicinò, offrendomi una bevanda in una coppa

d'argento. La presi e la bevvi. Nella stanza tutti applaudirono battendo i piedi, la musica dei violini si fece sfrenata, stridente. Elizabeth mi teneva per mano. «Il Signore delle Tenebre ti farà sua.»

Senza rendermi conto dei miei gesti, mi tolsi la sottoveste. Ero nuda. Il Signore delle Tenebre avanzò verso di me e mi sollevò da terra con forza sorprendente, finché mi ritrovai con le gambe strette attorno alla sua vita. Lui mi penetrò. Inebriata dalla bevanda che mi avevano offerto e dal piacere provato con Elizabeth, mi saziai di lui.

Notai che gli altri ospiti, seminudi e infoiati, si accoppiavano come noi. E la musica non smetteva di suonare.

Mentre ancora godevo, vidi Elizabeth che si metteva un mantello di pelliccia e si dirigeva verso la porta che si apriva sulla strada. Perché se ne andava senza di me?

La folla si aprì. Una forma – non la definirei una figura – si mosse – non potrei dire che camminò – attraverso i corpi. La forma brandiva una spada: era avvolta in un mantello e incappucciata.

Il Signore delle Tenebre si era saziato di me. Mi appoggiai all'altare. Da lontano, udii la voce di Elizabeth: «È lei la Prescelta».

# La ferita

Christopher Southworth rimase in silenzio. Prese le mani di Alice e le baciò. «Ti ho conosciuta a Samlesbury Hall quando ero ancora un ragazzo. Quanti anni avevo? Diciotto? Mi sono innamorato di te. Mi sono fatto prete, eppure ho continuato ad amarti. Chiunque tu sia, ti amerò per sempre.»

Alice gli sfiorò il petto. Lui si sollevò la camicia sopra la testa. Aveva la pelle segnata dalle cicatrici lasciate dal marchio e dai fili di ferro incandescenti. Lei gli accarezzò le ferite, senza timore.

Lui le baciò la fronte. «Ti amerò sempre, ma non posso essere il tuo amante.»

«Dio ti perdonerà.»

«Non ho niente che Lui possa perdonarmi.»

Si aprì i pantaloni e guidò la mano di Alice sul suo inguine.

*Avevano portato Christopher Souhtworth, il gesuita, in una cella priva di finestre. Nella cella c'erano un eculeo, un verricello, una fornace, una serie di marchi, un recipiente per far sciogliere la cera e chiodi di lunghezze diverse. Uno schiacciapollici, un paio di molle, un paio di pinze pesanti, alcuni strumenti chirurgici, una serie di vassoietti di metallo, e poi corde, fili di ferro, calce viva, un cappuccio e una benda.*

*Invece di farlo sdraiare sull'eculeo, usarono il cavalletto come un sedile: gli legarono le braccia sopra la testa, divaricandogli le gambe. Gli prati-*

carono un piccolo taglio sul fianco e gli tolsero due libbre e mezzo di sangue per indebolirlo. Poi gli fecero bere a forza una pinta di acqua salata.

Non gli ruppero le dita, una giuntura alla volta, né gli estrassero un dente dopo l'altro. I suoi torturatori erano rilassati. Gli tracciavano disegni sul petto con coltelli dalla lama sottile, premurandosi di ripulirli dal sangue. Gli rovesciarono le palpebre all'indietro con graffette di metallo e gli versarono gocce di cera calda sui bulbi oculari. Quando lui gridava, discutevano se tagliargli o meno la lingua. Gliela lasciarono perché potesse confessare.

Lui non confessò. Non fece nomi. L'unico nome che pronunciò fu quello di Gesù.

Era nudo. Gli accarezzarono il pene e i testicoli. Con sua grande vergogna, il pene gli si indurì. Pur non sentendo niente, ebbe un'erezione. Gli uomini si eccitarono. Lo fecero voltare e lo sodomizzarono. Lo voltarono di nuovo e prepararono un focherello in una scatola di latta. Uno dei suoi aguzzini gli tenne il pene mentre l'altro glielo tagliava via. Poi fu la volta dei testicoli. Lui svenne, e gli gettarono dell'acqua in faccia per svegliarlo. Bruciarono i suoi testicoli nel focherello. Lui non vedeva più niente, non sentiva nient'altro che il proprio odore. La propria puzza, la puzza di carne viva che bruciava. Poi lo lasciarono solo.

Christopher disse: «Una nave partirà da Dover fra quindici giorni. Prendila. Imbarcati con me».

«E che ne sarà della mia casa? Che ne sarà della mia proprietà?»

«E che ne sarà della tua vita?»

«La mia vita non è in pericolo, la tua sì.»

«Non m'importa più della mia vita. Sono morto quando mi hanno torturato, o almeno così mi sembra.»

Alice lo spogliò. Lo baciò. Con delicatezza, lui le aprì le gambe e si spostò in fondo al letto, per raggiungerla con la lingua.

Si addormentarono.

# In cambio della vita

Il conestabile Hargreaves sciolse le catene che immobilizzavano le gambe di James Device e lo trascinò dietro l'angolo e dentro il Dog.

Nella stanza buia, scaldata da un fuoco striminzito, c'era Tom Peeper. Una bambina nuda e sonnacchiosa gli sedeva in grembo. Senza rivolgere la parola al fratello, la piccola s'infilò il vestito dalla testa e corse via. Tom Peeper si alzò in piedi e si allacciò le brache.

«Come ha fatto quella a scappare dalla torre?» chiese Hargreaves.

«Sono io che li ho rinchiusi lì dentro, e sempre io che li ho liberati» disse Peeper. «Comunque questo rospo schifoso non l'ho lasciato andare io.» Diede un calcio a Jem. «Mi sa che è stato il Diavolo.»

Jem sembrava un animale davanti al pasto e all'abbeveratoio. Tese la mano. «Ti sei preso mia sorella. Dammi un po' di pane e di birra.»

Cercò di afferrare un tozzo di pane e Tom Peeper lo spinse via con uno scappellotto.

«Non sei più tu che la vendi, Jem, non più. Adesso lei è di proprietà della Legge. Giusto, Harry?»

Harry Hargreaves non disse nulla. Non bramava le bambine di cui Tom abusava, ma non gli avrebbe impedito di farlo. Tom Peeper gli era utile. Era una spia e un sadico, e rendeva più semplice il lavoro del conestabile.

«Ti daremo da mangiare, Jem» disse Hargreaves. «Serviti pure.»

Jem esitò, solo per un attimo. Si sedette sulla panca, coi gomiti sulla tavola, e si cacciò il cibo in bocca con entrambe le mani. Bevve con la bocca piena, sbrodolandosi e soffocando, raccogliendo la viscida poltiglia che gli cadeva dalle labbra. Mangiava senza curarsi di nulla, tranne che del cibo, come mangia un uomo che spesso patisce la fame. Peeper guardò Hargreaves. Avevano lavorato insieme per molto tempo. Si capivano senza bisogno di parlare.

«Jem, a Lancaster ti aspetta una prigione al cui confronto Malkin Tower è un palazzo reale. Tua nonna non è riuscita a scappare e non ci riuscirai nemmeno tu, nemmeno se prenderai le sembianze di una lepre o di un uccello, e nemmeno se ti scorterà una delegazione di Signori delle Tenebre. Ne uscirai su un carretto e sarai bruciato sul rogo.»

Jem continuava a mangiare, senza alzare lo sguardo, ma ascoltava.

«Potresti salvarti. Testimonia contro i tuoi e saranno loro a bruciare. Tu sarai libero. Ti manderemo altrove, in gran segreto. Roger Nowell ti troverà un posticino nello Yorkshire. Avrai cibo per sfamarti, vestiti per coprirti, un fienile per dormire, un fuoco per scaldarti in inverno. Potrai sposarti. Che ne dici, Jem? Una mogliettina per tenerti al caldo. Molto meglio di quella strabica di tua madre o della pecora unta che ti fai per placare gli ardori del tuo cazzo. Devi solo confessare a Roger Nowell che a Malkin Tower si è tenuto un incontro di streghe. Un complotto blasfemo del Venerdì Santo. Dimenticheremo il montone rubato e tutte le tue malefatte.»

Jem mangiava e pensava. Mangiare era semplice. Pensare era complicato. Gli stavano solo chiedendo di dire la verità. Immaginò il pagliericcio nel fienile, il pollo nella pentola, e la sua bella che lavorava nei campi e poi tornava a casa da lui, la sera, e loro che stavano insieme, lontani per sempre da tutta quella storia.

«E testimonierai contro Alice Nutter.»

Jem smise di mangiare e di sognare a occhi aperti. Sul suo volto c'era solo paura. Scosse la testa. «Non posso dire niente contro di lei.»

Tom Peeper gli si avvicinò, sfiorandolo quasi con il naso. «Perché non puoi dire niente contro di lei? Che potere ha su di te?»

Jem scosse di nuovo la testa. «Sarei squartato dai demoni.»

Tom Peeper prese in mano la candela fumosa che sgocciolava

cera e rovesciò all'indietro la testa di Jem. «Ti posso squartare più in fretta io oggi di quanto possa farlo qualsiasi diavolo domani. E se sarò troppo tenero e timoroso, il torturatore di Lancaster compenserà la mia indolenza.» Gettò la cera calda sul volto di Jem.

Jem fece un balzo all'indietro e si rifugiò in un angolo della stanza piagnucolando. Sul pavimento c'era un grosso ragno. Il ragno disse: «James Device, ti proteggerò io. Fa' quello che ti dicono e io ti farò diventare più potente di lei».

«Sei un demone?» chiese Jem.

«James Device, io sono tuo amico. Mettimi nella tua tasca e ascolta attentamente quello che ti dirò.»

«Alzati da terra, brutto pezzo di corda marcia!»

Jem s'infilò in tasca il ragno e si alzò in piedi. «Testimonierò contro di loro.»

Il conestabile Hargreaves riempì nuovamente i boccali. «E quanto a Mistress Nutter?»

Jem prese la birra e se la scolò tutta d'un fiato. «Dirò al giudice Nowell che lei ci ha promesso di guidarci alla prigione di Lancaster, di farla saltare in aria per liberare la Vecchia Demdike.»

Si mise a ridere, di un riso acuto, isterico. Loro risero con lui. Non era più solo e ramingo. E nemmeno infreddolito, affamato o impaurito. Ora sarebbe stato al sicuro.

# Il buco dell'inferno

La Prigione del Pozzo del castello di Lancaster misura sei metri per quattro. Si trova nove metri sotto terra. Non ha finestre ed è priva di luce naturale, a parte quella che penetra da una griglia inserita a livello del terreno, nove metri più in alto. Potrebbe anche essere il chiarore della luna lontana. E di notte la luna fa capolino, alta e pallida, con la sua luce fredda. Quando è piena, è pur sempre una fonte di luce.

È di certo meglio della torcia che sgocciola il suo grasso di maiale sulla paglia sporca e illumina... cosa illumina? Il supplizio, gli stenti, il marciume, la sofferenza, i topi.

Le recluse non sono incatenate. Si muovono irrequiete in quello spazio ristretto. Chattox cammina avanti e indietro, senza posa, come un gatto da esposizione, biascicando parole che nessuno capisce. La figlia, la bella Nance Redfern, sta seduta in un angolo, covando il suo odio per Alizon Device, la sua rivale, che le contende il cibo e qualche fuggevole ora fuori da quell'inferno. Spesso il carceriere si prende l'una o l'altra per sfogare i suoi appetiti. Le lava, anche, o perlomeno lava le parti del corpo che gli interessano. Di conseguenza, le due giovani donne hanno meno piaghe delle altre prigioniere.

Quel posto puzza. La fogna è un canale scavato nella terra, sotto la paglia. L'urina fluisce via, le feci si ammucchiano in un angolo. La Vecchia Demdike si accovaccia sul mucchio sempre più alto e capita che perda l'equilibrio e ci finisca dentro. Il suo vestito è sporco di escrementi. Tra le gambe ha piaghe essudanti. Tutte le volte che il carceriere viene a prendersi una delle ragazze, Demdike si solleva il vestito e si beffa di lui, offrendogli le ferite. Lui la picchia. È così che la vecchia ha perso due denti.

Danno loro da mangiare pane raffermo e acqua salmastra due volte al giorno. Quando gettano il pane dalla soglia, i topi vi si avventano squittendo, e devono essere scacciati a calci. Ci sono quattro o cinque topi. Prima ce n'erano di più. Gli altri se li sono mangiati.

Fa freddo. La prigione è fredda e le donne devono dividersi un paio di coperte da cavallo. Quando piove, la pioggia scende dalla grata e impregna i pagliericci. Jane Southworth si mette sotto la cascatella d'acqua e cerca di lavarsi la faccia e le mani, cerca di lavarsi in mezzo alle gambe, e le altre la deridono, ma per lei la pioggia è una sorta di sanità mentale liquida. Viene da fuori, e lei si sforza di immaginare che un elemento esterno penetri in quell'interno infernale e lo renda sopportabile.

La paglia bagnata aumenta l'odore di marcio.

Sulle pareti ci sono muffe e strani funghi scuri. Demdike sa riconoscere i funghi velenosi, e gratta via quelli commestibili. Le pesanti manette di ferro che pendono dalle pareti sono arrugginite. Quando va in collera, lei scuote le manette con tutta la forza che ha in corpo, supplicando il suo demone di venire a salvarla. Greymalkin non arriva mai, né arriva l'ometto vestito di nero che un tempo lei conosceva, né lo spiritello marrone che viveva nella bottiglia, né l'uccello che le rivelava dov'era nascosto il grano. Niente di umano o di non umano penetra in quel luogo. Il carceriere non vi si avventura mai, e quando vuole per sé le ragazze le chiama per nome e loro escono. C'è ogni genere di malattia, fra quelle pareti.

È aprile. Le donne resteranno rinchiuse lì fino alle assise di agosto.

Chattox e Demdike si odiano. Anche le loro figlie, Nance e Alizon, si odiano. Non verrà stretta alcuna alleanza. Non c'è solidarietà tra loro. Jane Southworth sta per conto suo. Recita la Bibbia, mandando su tutte le furie le altre.

*Lui verrà, dice la Vecchia Demdike, una notte, sulla scia tracciata dalla luna, e si sbarazzerà di tutta la vostra genìa.*

Nei primi tempi di prigionia le due famiglie rivali facevano malefici e invocavano le presenze occulte. Nei primi tempi usavano il fuoco e il sangue per propiziare la venuta del Signore delle Tenebre. Ora, svanita ogni speranza, non restano che le maledizioni. L'infelicità, senza più nemmeno il guizzo dell'invenzione. Alizon comincia a dubitare dei poteri della Vecchia Demdike: Demdike giura che lui verrà, però la ragazza ha smesso di crederci.

Nessuna differenza tra il giorno e la notte. Sonni agitati e doloranti, al gelo: sofferenza, sete, sfinimento anche quando si dorme.

La paglia sotto di loro brulica di pidocchi.

L'aria ristagna. Respirare costa fatica perché l'aria è pesante. C'è troppa anidride carbonica, troppo poco ossigeno. Ogni respiro le tiene in vita e al tempo stesso le uccide ogni volta un po' di più. Una delle prigioniere ha la febbre.

La porta si apre. Arriva il carceriere, con una torcia gocciolante.

«Nance!» grida, e ficca la torcia nel suo supporto. Lascia lì la luce quando porta via le donne: è il suo modo di segnalare qualcosa... cosa?

La torcia proietta ombre grottesche sulle nere pareti di pietra della cella. No, a essere grottesche non sono le ombre, ma le prigioniere: rattrappite, curve, raggomitolate, sciancate, scavate, distrutte e tremanti.

Alizon usa le mani per creare un teatro di figure. Questo è un coniglio, questo è un uccello. La Vecchia Demdike si dondola avanti e indietro nel suo vestito lercio.

Comincia a piovere, e Jane Southworth si rifugia nell'angolo sotto la grata, aprendo la bocca per farci entrare la pioggia. Le gocce d'acqua che le scorrono sul viso saranno le sue lacrime. Nessuna delle prigioniere piange più.

Pensa all'inferno e si chiede se sarà così. Pensa che i castighi del Demonio siano stati inventati dall'immaginazione umana. Solo gli umani sanno che cosa significa privare un essere umano della sua umanità. Pensa che il Demonio possa vantare una sorta di purezza che gli umani non hanno mai. Pensa che la santità sia ridicola perché esiste solo per nascondere tutto ciò, questa cella puzzolente e soffocante che non ti lascia scampo. La vita è una cella puzzolente e soffocante, che non ti lascia scampo. Perché mai fingiamo? Sente il profumo delle fragole. Sa che sta impazzendo. Che scenda la pioggia!

Un topo le cammina sul piede e beve dal buco nella sua scarpa.

# Hoghton Tower

Alice Nutter e Roger Nowell cavalcavano alla testa del gruppo. Alice non accennò al conestabile Hargreaves, né a Jem Device o agli eventi della sera precedente. Con la consueta gentilezza, Roger Nowell le chiese se aveva dormito bene, e lei rispose di sì. Spero che abbia trovato il suo evaso, aggiunse. Purtroppo no, non lo aveva trovato.

Potts viaggiava con loro. Era un pessimo cavaliere e di solito preferiva spostarsi in carrozza: purtroppo nel Lancashire le strade non erano necessarie quanto lo erano a Londra, e così aveva dovuto accontentarsi di viaggiare su un carretto aperto tirato da un ronzino, sobbalzando sulle buche di quegli stretti sentieri. Era già di cattivo umore per aver passato una notte insonne a Pendle Hill senza nemmeno vedere l'ombra di un manico di scopa. Era incuriosito all'idea di conoscere Alice Nutter, ma in sua presenza si era sentito a disagio. Quella donna lo guardava in un modo che lo faceva sentire meno importante di quanto lui sapesse di essere.

Era contento di viaggiare dietro il gruppo di cavallerizzi.

Anche Roger Nowell era contento di non dover parlare con Potts. Sia lui che Alice erano assorti nei loro pensieri, e si scambiavano solo qualche monosillabo.

Alice si era svegliata molto prima dell'alba. Christopher dormiva accanto a lei, con il sonno pesante di chi da lungo tempo non dorme abbastanza; sdraiato sulla schiena, con un braccio fuori dal letto, dormiva tranquillo come un bambino che si sente al sicuro.

Dopo averlo svegliato, l'aveva condotto nel passaggio segreto che dalla camera portava nello studio. L'aveva chiuso lì dentro e se n'era andata. Non sapeva se l'avrebbe rivisto. Lui voleva partire per Lancaster. Lei sapeva di amarlo.

«Hoghton Tower» disse Roger Nowell, frenando il cavallo e interrompendo i pensieri di Alice. «È davvero una splendida magione.»

Erano arrivati nel viale lungo più di un miglio che portava alla residenza. Anche se i de Hoghton erano giunti in Inghilterra con Guglielmo il Conquistatore, la casa aveva solo cinquant'anni. Era stata costruita da Thomas Hoghton, che se l'era goduta poco, perché, non volendo abiurare la sua fede cattolica, era stato costretto a fuggire in Francia.

«Aveva dato asilo a Edmund Campion» disse Roger Nowell «Ricordate?»

Alice ricordava. «Bruciato vivo per la sua fede.»

«Thomas Hoghton ha avuto la fortuna di poter fuggire. Ha usato i suoi soldi per fondare il seminario gesuita a Douai, in Francia» disse Roger Nowell. «Christopher Southworth ha studiato da prete lì.»

Alice lo osservò di sottecchi: lui teneva la testa dritta, lanciando sguardi ammirati alla casa.

«Richard, il figlio di Hoghton, non aveva a cuore la religione; in compenso aveva un ottimo fiuto per la politica. Di conseguenza è riuscito a tenersi la casa e Jimmy, il buon Re scozzese, lo scorso anno lo ha insignito del titolo di cavaliere.»

«Non vi piace il nostro Re Giacomo?» chiese Alice.

«È un intrallazzatore, e se il Re è un intrallazzatore, noi dobbiamo seguire le sue orme. Credete forse che mi faccia piacere mandare al patibolo un manipolo di vecchie megere e la loro folle progenie?»

«Allora non chiedetemi di aiutarvi.»

«Mistress, in verità siete *voi* che avete chiesto il mio aiuto.»

Rallentò l'andatura del cavallo, lasciando che Alice lo superasse. Non poté fare a meno di ammirarne la figura, il portamento, la capigliatura, la bellezza fuori dàl comune. Non si era mai interessato a lei. Si controllò: non era questo il momento per cominciare.

Alice si stava vestendo nella stanza che le era stata assegnata. Voleva apparire al meglio. La cameriera le allacciò l'abito color magenta e le mise gli smeraldi al collo e alle orecchie. Non appena se ne fu andata, Alice prese una piccola fiala dalla borsa, ne fece uscire qualche goccia e si umettò il viso. Di liquido ne era rimasto poco: l'aveva preparato John Dee e glielo aveva donato. Non era l'elisir della vita, era l'elisir della giovinezza.

Scese al piano di sotto e trovò Potts che parlava con un ometto quasi calvo dall'aria cordiale. «Sono un gentiluomo londinese, perciò trovo questi intrattenimenti campagnoli assai noiosi» disse Potts.

«E allora perché vi partecipate?» chiese l'ometto, che aveva una faccia da gufo.

«Sono ospite del giudice Nowell. Mi trovo nel Lancashire per questioni che riguardano la Corona. Sì, nientemeno che la Corona!» disse Potts, impettito. «Potrei non dire nulla, ma voi nemmeno immaginate i complotti di stregoneria e papato, papato e stregoneria che ho sventato.»

«Dovete essere stanco morto» disse Alice, raggiungendo i due uomini. «Avete la faccia di chi è stanco morto.»

L'ometto dall'aria cordiale le sorrise. Potts la fulminò con lo sguardo. Suonò una campana e un servitore annunciò l'inizio della rappresentazione.

«Shakespeare» sbuffò Potts. «Un arrampicatore sociale. Melodrammatico e mediocre. *Macbeth*, suvvia... era davvero un dramma assurdo. E, a parer mio, c'erano molte cose sospette.»

«Sospette?»

«Le megere, le streghe, le vecchiacce, chiamatele come volete, che fanno la profezia a Macbeth, non parlano del "pollice di un pilota naufragato", pronto per essere gettato nel loro calderone infernale?»

«Sì che ne parlano…»

«Ah! Quello è il pollice di Edmund Campion, il gesuita messo al rogo per tradimento, nascosto qui, in questa casa, proprio così, quando Shakespeare stesso vi lavorava come precettore.»

«E dunque?» disse il cordiale gentiluomo.

«Stregoneria e papato, papato e stregoneria: non sono che la stessa cosa.»

Il cordiale gentiluomo si strinse nelle spalle e offrì il braccio ad Alice. «Posso accompagnarvi alla rappresentazione?»

Alice annuì, e in quel momento Roger Nowell si avvicinò. Non degnò Potts nemmeno di un'occhiata. Fece un inchino al cavaliere di Alice.

«William Shakespeare, i miei omaggi.»

Potts era sparito.


Prendendo posto per assistere alla rappresentazione, Alice e Shakespeare conversarono. Lui disse che si ricordava di averla conosciuta molti anni prima; era appena arrivato a Londra da Stratford, e lei abitava in una casa a Bankside, vicino allo Swan Theatre. L'aveva accolto con il calore di una donna del Nord. Lui amava le donne del Nord per la loro franchezza e la loro gentilezza: ne aveva conosciute molte nel periodo in cui, in giovane età, aveva fatto il precettore lì a Hoghton Tower.

«A quel tempo eravamo tutti cattolici» disse «anche quando non lo eravamo.»

«A quel tempo eravamo giovani» disse Alice.

Shakespeare la guardò, incuriosito. «Anche quando non lo eravamo.»

Alice arrossì. Le ricordava un gufo, con quegli occhi luminosi, la testa che sembrava appollaiata sulla gorgiera. Gli occhi sembravano più profondi del suo sguardo, e lei ebbe l'impressione che sapesse tutto e che non ci fosse bisogno di aggiungere altro.

Ora Shakespeare era ricco, viveva a Stratford e non scriveva più drammi. Si era sobbarcato il viaggio fino a Hoghton Tower perché era affezionato a quel luogo e a quella commedia. La sua compagnia teatrale era ancora quella dei King's Men, e *La tempesta* era stata scelta per essere rappresentata al matrimonio della figlia di Re Giacomo, che si sarebbe celebrato l'anno successivo.

«Ho superato tutte le tempeste» disse Shakespeare, «anche quelle che ho scritto di mio pugno. Ecco, guardate, comincia...»

*Violento scoppio di tuoni e fulmini.*
*Entrano CAPITANO e NOSTROMO.*

CAPITANO: Nostromo!
NOSTROMO: Eccomi, capitano. Che c'è di nuovo?*

La mente di Alice seguiva la commedia solo a tratti. Ripensava all'occasione in cui Shakespeare era venuto a casa sua: allora aveva i capelli lunghi, una folta barba, e portava un orecchino. Questa volta non l'aveva riconosciuto.

Man mano che la recita procedeva, le sembrò di sentire di nuovo la voce di Elizabeth; erano insieme nella casa di Bankside, nelle loro stanze segrete al piano di sopra, affacciate sul Tamigi e su tutta Londra, la grande città.

«Hai venduto la tua anima, Lizzy?»

«Il Signore delle Tenebre si prenderà un'anima. Non deve per forza essere la mia.»

«Dubito che ce ne sarà un'altra disposta ad andare all'inferno per il tuo piacere.»

«Tu non credi nell'inferno e nelle anime, vero, Alice?»

«Io credo che tu sia cambiata.»

Alice alzò lo sguardo, distolta dai suoi sogni ad occhi aperti, rapita dai sogni a occhi aperti della commedia, più potenti dei suoi.

---

* W. Shakespeare, *La tempesta*, trad. it. di S. Quasimodo, Mondadori, Milano, 1991, p. 7.

ARIEL: Tuo padre è là nel fondo, a cinque tese:
  già sono di corallo le sue ossa,
  e i suoi occhi sono diventati perle.
  Tutto di lui destinato a svanire
  subisce ora dal mare un mutamento
  in qualche cosa di ricco e di strano.*

Alice svenne.

Quando riprese conoscenza, si trovava in una stanzetta poco lontana dalla sala principale. Le giungevano le voci degli attori: lo spettacolo continuava. Il suo servitore era chino su di lei. William Shakespeare gli prese di mano l'acqua e gliela fece bere. Disse che era lusingato dal fatto che la sua commediola avesse avuto un tale effetto su di lei.

Mi sono perduta nel tempo, disse Alice. Ah, sì, il tempo, disse lui, il tempo è un luogo dove ci si può perdere.

Poi, senza sapere perché, Alice gli fece questa domanda: «Voi credete nella magia?».

«Lo chiedete proprio a me, che sono un attore e un vecchio pennivendolo, e proprio voi, che avete lavorato con John Dee ed Edward Kelley?»

«Li conoscevate?»

«Conoscevo tutti quelli che era interessante conoscere. Ditemi, credete che una statua di pietra possa tornare in vita? Ho usato questo espediente in una commedia che sto ancora rivedendo, intitolata *Racconto d'inverno*. Il finale non può funzionare, a meno che non si creda, anche solo per un momento, che una statua possa scendere dal suo piedestallo e abbracciarti. Che possa restituirti quello che hai perduto.»

«John Dee ha costruito uno scarabeo di metallo che volava come

* *Ibid.*, pp. 44-45.

una creatura viva. Ecco perché è stato arrestato con l'accusa di stregoneria.»

«Oggigiorno ti possono arrestare per qualunque cosa. Comunque non credo di poter terminare la mia commedia con uno scarabeo di metallo, per quanto possa sembrare vivo.»

«Non mi avete risposto» disse Alice.

Shakespeare scosse la testa e affondò il mento nella gorgiera, assumendo un'aria più da gufo che mai. «Ho già scritto abbastanza di altri mondi. Ho detto quello che posso dire. Ci sono molti tipi di realtà. Questa è solo una delle tante.» Allungò le mani per indicare le pareti, i tappeti, gli arazzi e le cose attorno a lui. «Tuttavia, Mistress, non date a vedere che vi allontanate troppo dalla realtà che è chiara per gli altri, o vi accuseranno di rifugiarvi in una realtà che è chiara per voi.»

La porta si aprì e Roger Nowell entrò, con una parte del suo seguito. Tutti si complimentarono con Shakespeare, eccetto Potts, che se ne stava imbronciato in un angolo. Disse a Nowell: «Lo sapete, vero, che questo commediografo, come lui stesso si definisce, questo Shakespeare, era ben noto a Catesby, il capo dei cospiratori della Congiura delle Polveri?».

Roger Nowell annuì, irritato.

«C'erano due covi di cattolici, in Inghilterra. Un covo a Stratford-upon-Avon e un covo nel Lancashire. Tutti i cospiratori della Congiura delle Polveri s'incontravano al Mermaid Inn, a Stratford, per architettare i loro piani. A Stratford, signore, mi capite? Dove viveva Shakespeare, signore! Quando la congiura fallì e furono scoperti, fuggirono tutti nel Lancashire, nascondendosi qui a Hoghton Tower, o presso i Southworth, a Samlesbury Hall.»

«Lo so» disse Roger Nowell.

«Sono sorpreso, signore, da quel che sapete e al tempo stesso non volete sapere. Voi camminate sul filo del rasoio, signore, proprio sul filo del rasoio.»

Alice, un po' discosta da loro, si alzò per lasciare la stanza. Potts la guardò. «Quella signora è un mistero, signore, un vero mistero. Se fosse il mio mistero, guarderei più in profondità dentro di lei.»

«Non sono pigro come voi mi reputate» replicò Roger Nowell.

Alice salì nelle sue stanze, al piano di sopra, per cambiarsi d'abito. Non era ancora buio e al contempo non c'era più la luce: il Cancello del Crepuscolo. E se potevi varcarlo, cosa avresti scoperto, dove saresti arrivata?

Si sdraiò sul grande letto a baldacchino, nel chiarore della fiamma di una candela e del fuoco che ardeva basso. Tirò le tendine e chiuse gli occhi. Stava per addormentarsi quando sentì qualcuno o qualcosa che si muoveva nella stanza.

Dentro lo spazio chiuso del letto le arrivava un suono d'acqua. Non un picchiettare di pioggia, né uno scroscio di torrente, ma la strana combinazione di una creatura fatta d'acqua. C'era qualcosa che camminava nella stanza. Non in forma solida, ma liquida.

Poi udì lo sfrigolio e il sibilo della legna nel camino. Il fuoco si spense.

Aveva la bocca secca. Imponendosi di muoversi, balzò fuori dal letto aprendo le tendine.

La stanza non c'era più.

Alice si trovava in cima a Pendle Hill. Brughiera fitta e scura, terra arida e brulla, rada foresta, foschi ruscelli, un laghetto, uno stagno coperto di muschio, rifiuti vegetali, paludi e alberi. Pioggia battente.

Accanto a un ammasso di pietre erette, vide Elizabeth Southern: nuda, con i capelli sciolti, le sorrideva. Incurante della furia degli elementi, si scostava le ciocche dagli occhi, come faceva sempre, e non sembrava né infreddolita né bagnata. Tese la mano ad Alice. Lei si avvicinò, nella pioggia e nel vento. Se questa era la fine, che venisse pure, tanto sarebbe venuta, prima o poi: oggi, domani o dopodomani.

Alice toccò il corpo nudo di Elizabeth. La sua mano accarezzò la pelle che tanto aveva amato e la pelle cedette, come carta bagnata, e la mano di Alice ci passò attraverso, o, per meglio dire, la penetrò. Era come affondare in acque scure.

Alice si ritrasse, il braccio e la mano anneriti e intorpiditi dalla sostanza scura, spessa e vischiosa in cui si era trasformata Elizabeth.

Elizabeth rideva, rideva, e la sua pelle bianca cominciò a ricoprirsi di eruzioni nere. La carne bianca e soda perse consistenza, si rammollì. Le eruzioni scoppiavano come bolle. I capelli divennero grigi, poi si staccarono dal cranio, cadendo come acqua sporca. La pelle penzolava in inutili pieghe sulle membra ossute. Non aveva i denti. Rideva di Alice, la bocca aperta come uno squarcio. Stava suppurando, si stava liquefacendo.

«Quel che io sono, tu sarai.»

Alice si coprì la faccia con le mani. Rimase lì nel vento ululante e nella pioggia scrosciante, cercando di restare in piedi. Non guardava Elizabeth.

«Cosa vuoi da me?» gridò al vento e alla pioggia. Non ci fu risposta. Sarebbe rimasta per sempre lì, nel vento e nella pioggia, attendendo invano una risposta.

Alice piangeva. Poi ci fu silenzio. Un insano silenzio di morte.

Alzò lo sguardo e si ritrovò nella sua stanza. Il fuoco ardeva basso. Tutto era come prima.

Lei era inzuppata fino alle ossa.


A cena, quella sera, Potts intrattenne gli ospiti con il racconto della sua "scoperta" di una congrega di streghe nel Lancashire, ora imprigionate a Malkin Tower. Alice perse la pazienza.

«Non c'è stato nessun sabba! Avete vegliato per tutta la notte a Pendle Hill e che cosa avete scoperto? Niente! E a Malkin Tower non troverete altro che un branco di creature disperate, disgraziate e infelici.»

«Vi scaldate molto in loro difesa» disse Potts, «pur considerando che il loro covo è nelle terre di vostra proprietà e loro sono sotto la vostra protezione…»

Shakespeare intervenne: «Che cos'è una Messa nera? I candelieri arrugginiti e gli altari improvvisati che si trovano in luoghi remoti e selvaggi, lontani dal consorzio umano, sono le vestigia della Messa alta, che, a volte, i cattolici celebrano in segreto, quando riescono a celebrarla».

«Dunque voi non credete nella stregoneria?» chiese Roger Nowell.

«Non ho detto questo. Ho detto che nella nostra epoca si degrada l'*hoc est corpus* della Messa cattolica paragonandolo a un *hocus pocus* satanico.»

«Sono la stessa cosa» disse Potts.

«Non sono la stessa cosa» precisò Shakespeare.

«Comincio a chiedermi da che parte stiate, signore» disse Potts, «voi e la vostra compagnia di attori itineranti, beneficiari della generosità del re.»

«Noi siamo i King's Men, la Compagnia del Re» disse Shakespeare. «E non dimenticate che ho fatto iniziare *La tempesta* con un naufragio, in segno di solidarietà per il naufragio del nostro re, causato da forze soprannaturali mentre ritornava a Berwick.»

«Ah, il processo alle streghe di Berwick» disse Potts. «È stato quello più clamoroso, sino ad ora. Ma il processo alle streghe del Lancashire sarà il primo a essere trascritto: una grande vittoria nella lotta contro il culto del Demonio.»

«Vi occuperete voi della trascrizione?» chiese Shakespeare.

«Certamente, ne ho la facoltà. E poi, sapete, ho scritto anche delle commedie.»

«Non lo sapevo» disse Shakespeare, «e non credo che altri lo sappiano.»

I commensali si sbellicarono dalle risate. Potts avvampò di rabbia. Alice era divertita dal suo imbarazzo.

«Vi azzardate a mettere un piede fuori dalla porta, qui nel Lancashire, o avete troppa paura di incontrare un prete o una strega?» domandò Alice a Potts.

«Che cosa volete dire?» chiese Roger Nowell, guardando non Potts ma Alice.

«Qualunque cosa voglia dire la signora» disse Shakespeare, «quest'uomo è uno sciocco.»

Fu sufficiente per allontanare Potts dalla tavola. Roger Nowell rise con tutti gli altri, ma anche lui era imbarazzato. Potts non aveva trovato streghe volanti. Lui dava la caccia a un prete fuggiasco.

Era tardi e Alice si stava preparando per la notte, quando udì bussare piano alla porta della sua stanza. Andò ad aprire e si trovò di fronte Shakespeare in vestaglia e pantofole. Lui si mise un dito sulle labbra. Lo fece entrare.

«Un consiglio da un uomo che ne ha viste di tutti i colori. Se non volete ritrovarvi nella Prigione del Pozzo, al castello di Lancaster, lasciate subito l'Inghilterra. Christopher Southworth dovrà venire con voi.»

«Perché mi parlate di lui?»

«Fate attenzione a quello che vi dicono. Fate attenzione a quello che dite.»

Shakespeare aprì la porta e disse: «Spesso, per favorire il cammino verso la nostra stessa perdizione, gli strumenti delle tenebre ci dicono la verità, e ci seducono con onesti trastulli, al fine di tradirci nell'atto di abbandonarci a conseguenze più gravi».

Alice dormì male. Alle nove, quando fu pronta a partire, come avevano stabilito, un servitore della casa le comunicò che la nebbia era troppo fitta, perciò lei e il suo seguito avrebbero dovuto rimandare la partenza a mezzogiorno. Roger Nowell non si fece vedere. Potts sonnecchiava in biblioteca.

Alice attese, sempre più inquieta, e alla fine chiamò la sua cameriera e andò di persona a farsi preparare i cavalli. Erano le undici. Lo stalliere che le sellò la cavalla le disse che Roger Nowell era partito da solo alle sei di mattina.

Era stata ingannata.

# Dente per dente

Sul cimitero di Newchurch in Pendle era scesa la nebbia. Roger Nowell e il conestabile Hargreaves guardavano in silenzio le zolle erbose rivoltate, la terra smossa. Il cadavere collocato lì sotto era parzialmente esposto, con le ossa visibili sottoterra e in superficie. Vicino alla tomba c'era un teschio secco e sbiancato la cui mandibola era stata spezzata per rimuovere i denti. Frammenti di ossa sbriciolate erano sparsi ovunque. I denti erano stati accuratamente raccolti in un mucchietto.

Nei pressi di un'altra tomba la terra era stata scavata, ma qui il cadavere non si era consumato fino a divenire uno scheletro, e si vedeva la carne in decomposizione, con la sua indaffarata colonia di vermi. Il corpo era stato mutilato. La testa non c'era più: era rimasto solo il nero moncherino del collo.

«È successo la scorsa notte» disse Hargreaves. «Si sono portati via la testa e hanno lasciato qui i denti. Saranno stati disturbati da qualcosa mentre erano al lavoro.»

«I Demdike e i Chattox non sono sotto custodia a Malkin Tower?»

«Sì, tutti fuorché James Device, che è pronto a testimoniare contro la sua famiglia. Al momento si trova al Dog, ubriaco fradicio.»

«Dunque non possiamo incolpare lui. E, anche se vi piacerebbe molto, non possiamo nemmeno incolpare Alice Nutter. Era con me.»

«Il suo spirito può vagare. Lo spirito di una strega può vagare ovunque» disse Hargreaves.

Roger Nowell preferì non commentare. «Avete perquisito casa sua?»

«Sì. Ho corrotto uno dei suoi servitori. Nessuna traccia di Christopher Southworth, da nessuna parte. Però qualcosa abbiamo trovato.»

Hargreaves tirò fuori un crocefisso d'argento appeso a una catena. «Nella camera da letto… nel letto.»

Roger Nowell lo guardò attentamente. «Lo usa perché in cuor suo è cattolica o perché in cuor suo è una strega? Lo bacia o lo bestemmia?» Si infilò il pesante crocefisso in tasca. «È una prova importante.»

«James Device dice che testimonierà contro Alice Nutter.»

Roger Nowell scosse la testa. «La sua parola di ubriacone non potrà nulla contro una donna come Alice Nutter. E abbiamo già altro di cui occuparci, Hargreaves. Voglio che quelli rinchiusi a Malkin Tower vengano portati al mio cospetto affinché io possa raccogliere la loro testimonianza. Sono certo che Potts vorrà essere presente. E vi prego di far ricomporre degnamente i cadaveri nelle tombe.»

«Sissignore. E quanto ad Alice Nutter?»

«Ho detto che non è ancora il momento.»

Hargreaves non fu contento della risposta, ma non poteva permettersi di obiettare.

I due uomini si allontanarono lentamente dal cimitero. Jennet Device, che li spiava da dietro i cespugli, andò verso le tombe scoperchiate, arraffò i denti con entrambe le mani e si mise a correre in direzione di Malkin Tower.

# Occhio per occhio

*Il modo più rapido per togliere la vita a qualcuno con un maleficio è plasmare una Figura d'argilla con le fattezze della persona che si vuole uccidere e farla seccare completamente; se si vuole che si ammali in una parte del corpo piuttosto che in un'altra, basterà prendere una spina o uno spillo e punzecchiare quella parte della Figura che si vuole far ammalare; e se si vuole che una certa parte del suo corpo si consumi, allora bisognerà prendere quella parte della Figura e bruciarla. E se si vuole che tutto il corpo si consumi, basterà prendere la restante parte della Figura e bruciarla; in tal modo, il corpo morirà. Lo stesso risultato si può ottenere con una Bambola o con un Pupazzo.*

Nella cantina di Malkin Tower, Elizabeth Device sorvegliava un calderone che bolliva su un fuoco stentato. Un rozzo altare, due candele sulfuree e uno scheletro ancora incatenato nel punto in cui il corpo del suo proprietario l'aveva lasciato completavano l'arredo della stanza.

Mouldheels era accanto a lei, impegnata a cucire le gambe a un pupazzo senza testa.

Si udì un grido proveniente dall'esterno. Elizabeth Device attraversò la cantina e spostò la grossa pietra che ostruiva un pertugio nel muro. Veloce come un furetto, Jennet Device entrò da lì, con un sacchetto di stoffa in bocca.

Sua madre svuotò il sacchetto dei denti sull'altare e diede un pezzo di pane a Jennet. Mentre la figlia mangiava, Elizabeth srotolò dal panno che la ricopriva la testa mozzata presa al cimitero. Poi ci mise vicino la lingua di Robert Preston. «Mouldheels, cuci la lingua in questa testa! I denti li metteremo nel calderone. Non ho tralasciato alcun ingrediente. Tutte le arti millenarie dei Demdike dovranno essere usate per l'incantesimo.»

«Cosa state facendo?» chiese la bambina.

«Cosa sto facendo? Te lo spiego subito. Il pupazzo che Mouldheels sta terminando di cucire ci servirà per infierire su Roger Nowell fin quando non implorerà pietà. Non abbiamo l'argilla, ma abbiamo abbastanza stracci per cucire un pupazzo come ti ha insegnato la nonna, vero? Con gli spilli e le spine, ricordi?»

La bambina annuì.

«E faremo in modo che la testa mozzata parli. Uno spirito parlerà attraverso di lei e ci guiderà.»

Mouldheels teneva appoggiata su un ginocchio la raccapricciante testa mezza marcia. «Jennet! Tienile aperta la bocca intanto che finisco di cucire.»

Jennet si avvicinò e spalancò la bocca floscia e bluastra della testa. «Qui dentro c'è un verme, zia.»

Mouldheels guardò. «Ci sono vermi dappertutto, bambina mia. Tiriamo a campare in un mondo di vermi, ma aspetta solo che questa brava testa parli.»

Elizabeth stava rimestando nel calderone. «Jem non è tornato. L'hai visto, Jennet?»

La bambina distolse lo sguardo. «Al cimitero ha avuto paura. Ha lasciato lì i denti.»

«Dov'è andato, Jennet?»

La bambina alzò le spalle e concentrò la sua attenzione sulle orbite vuote e umide della testa. Mouldheels stava cucendo la lingua a quel che era rimasto del palato, unendola con grossi punti a quel che era rimasto del naso. «Non ho molto a cui attaccarmi» disse. «Per fortuna abbiamo una lingua fresca. La lingua è la prima a marcire. Come gli occhi, certo.»

«Ma', a cosa serve il calderone?»

«Non c'è dentro niente da mangiare, se è questo che speravi. Una volta finita la testa, la metteremo a bollire nel pentolone, e poi bolliremo anche il pupazzo, in modo che il nostro incantesimo funzioni su entrambi.»

«Cosa ci hai messo dentro? Cervello di pecora?»

«No, piccola mia. Ho fatto il sacrificio e ho usato la neonata nella bottiglia.»

Jennet proruppe in un lungo lamento, al punto che la botola sopra le loro teste si aprì e qualcuno si affacciò per vedere che guaio fosse successo.

«Era il mio giocattolo!»

«Lo so che era il tuo giocattolo, e ho dovuto rompere la bottiglia per far uscire la neonata. Devi pensare che sarà lei a liberarci tutti e a darci il potere, e così tu potrai avere tutti i giocattoli che vorrai.»

«Non avrò più nessuno con cui parlare, ora che avete bollito la neonata.»

«Parlerai con la testa, mia cara, e la testa parlerà con te. La neonata non poteva parlare, vero?»

Con le lacrime che le rigavano il faccino sporco, Jennet fece segno di no. Faceva pena: sudicia, vestita di stracci e piena di lividi, i biondi capelli aggrovigliati, la pelle ispessita e callosa a furia di strisciare per terra e rintanarsi nei nascondigli. «Ti ho dato la lingua di Robert Preston, l'ho presa da sotto il cespuglio. Mi hai promesso che mi avresti dato qualcosa in cambio.»

«E lo farò» disse sua madre. «Ben presto tutto cambierà.»

Mouldheels aveva finito il suo orrido lavoro di cucito. La lingua nera e gonfia sporgeva dalla cavità orale della testa.

Elizabeth immerse la testa nella brodaglia. Il calderone ribollì e una schiuma disgustosa affiorò sulla superficie del liquido.

Mouldheels si fece avanti, prese il pupazzo che aveva cucito, lo infilzò con un bastone aguzzo e lo battezzò nel calderone. «*A sua somiglianza è stato plasmato, lui morirà.*» Lo tuffò nell'acqua fetida. Si udì una sorta di gemito.

Elizabeth spinse via Mouldheels, e, aiutandosi con un paio di molle pesanti, frugò nella pozione ribollente alla ricerca della testa, la ripescò e la mise ad asciugare. I brandelli di carne in decomposizione che vi erano ancora attaccati erano bruciati, disperdendosi nel calderone. Erano rimasti solo qualche ciuffo di capelli e la nuova lingua. La testa fumante e zampillante acqua venne posata sull'altare.

Dalla cantina saliva una tale puzza che il gruppetto radunato al piano di sopra cominciò a lamentarsi. Elizabeth montò sulla scala tarlata e sbucò nella stanza. «Smetterete di lamentarvi quando sarete liberi e quando Roger Nowell sarà morto. E quando ci saremo liberati, voleremo al castello di Lancaster, dove il Signore delle Tenebre ci ricompenserà per tutto quello che abbiamo sofferto.»

«Non possiamo farcela senza la Vecchia Demdike o senza Mistress Nutter» disse uno di loro.

Ma Elizabeth era infervorata. «Ho chiesto il potere. Sarò io a guidarvi. La mia prova sarà la prova del mio incantesimo.» Ridiscese in cantina. «Mouldheels, portala su.»

Mouldheels prese un panno e vi avvolse la testa umida. Elizabeth salì la scala ed emerse nella sala rotonda di Malkin Tower, allungando la mano per prendere la testa. Quando comparve, i presenti trattennero il fiato.

«Ecco» disse Elizabeth, «ora vedrete cosa sono capace di fare. Ho creato una testa che nemmeno la Vecchia Demdike sarebbe stata capace di creare. La testa vi parlerà, confermerà il mio potere e ci condurrà fuori di qui.»

Posò la testa sul tavolo di assi.

«Al tramonto parlerà. Nel nome della Vecchia Demdike, parlerà.»

In cantina, Jennet Device frugava nel calderone alla ricerca dei resti della sua neonata in bottiglia. Trovò una minuscola manina e la adagiò con molta cura nella tasca del vestito.

# La nebbia

Rientrata a Rough Lee dopo una lunga cavalcata, Alice Nutter aveva scoperto che Roger Nowell le aveva fatto perquisire la casa. Ora sedeva nello studio, in compagnia di Christopher Southworth. Dato che lui continuava a tastarsi il collo, Alice gli chiese in tono scherzoso se tastava il cappio. Christopher scosse la testa. «Ho perso il mio crocefisso. Me l'ero tolto nel tuo letto. Non lo trovo più. Me l'ero tolto per fare l'amore con te.»

Erano seduti accanto al fuoco. Lei lo baciò. Aveva preso una decisione. «Partirò per la Francia con te, Kit.»

Lui la guardò incredulo. Alice si alzò in piedi. «La scorsa notte ho sognato Elizabeth Southern. Più che un sogno è stato un incubo. Ho paura, per la prima volta da molto tempo. È come se lei stesse venendo a prendermi.»

«A prenderti? Dall'oltretomba?»

«O da un luogo altrettanto spaventoso.» Alice piangeva. Christopher cercò di consolarla, ma lei lo respinse.

«Ricordi quella notte di cui ti ho parlato, la notte a Vauxhall, nella casa di Elizabeth Southern, quando ho sentito la sua voce che diceva "È lei la Prescelta"? In quel momento ho avuto la certezza che dovevo essere io la vittima sacrificale, anche se non capivo di che sacrificio si trattasse.»

Una figura incappucciata avanzava verso di me. Afferrai le due candele di zolfo e pece e le gettai addosso all'orrenda creatura. I suoi vestiti presero fuoco. Gli altri ospiti indietreggiarono. La loro reazione di timore mi diede coraggio. Guadagnai la porta: era chiusa con un catenaccio. La folla dei presenti m'incalzava e quella figura spaventosa avanzava verso di me, bruciando.

Mi strappai di dosso la sottoveste e la incendiai accostandola a una torcia collocata sulla parete. Ora eravamo in due a bruciare. Sventolai la sottoveste in fiamme per creare una barriera di fuoco tra me e i miei inseguitori. Uno di loro la afferrò e si scottò la mano. Un altro cercò di passare dietro di me, io fui più veloce e gli scagliai in faccia l'indumento incendiato.

Alle mie spalle c'era una finestra che dava sulla strada. La raggiunsi camminando a ritroso, mi girai e la scavalcai con un balzo. Avevo la pelle ustionata, i capelli che bruciavano. Corsi verso il Tamigi e mi tuffai in acqua. Nuotai controcorrente come una sirena avvolta nelle fiamme e infine arrivai a Bankside. Stremata, mi arrampicai su un molo basso e corsi a casa. Mi accasciai, boccheggiante.

Ad attendermi c'era John Dee.

Mi curò le ustioni con un unguento. Mi mise a letto. Mi guardò con aria grave. «Nata nel Fuoco. Scaldata dal Fuoco. Col Fuoco te ne andrai.»

«Cosa stai dicendo?»

«È il tuo tema natale. Sei nata sotto il segno del Sagittario. Sei nata nel fuoco. Questa è la prima parte della profezia. Hai studiato le arti alchemiche e dunque sei stata scaldata dal fuoco. Questa è la seconda parte della profezia. La terza parte della profezia riguarda il modo in cui morirai. Scegli la tua morte, o il fuoco sceglierà te.»

«Non capisco quello che dici.»

«Elizabeth ti ha tradito. Ha venduto la sua anima per ottenere in cambio ricchezze e potere, ma il patto ha una scadenza. Ora, se non troverà un'altra anima che sostituisca la sua, perderà tutto. Sei tu la prescelta.»

«Non credo in queste cose.»

«Non importa ciò in cui credi tu. Credi in ciò che è.»

John Dee si alzò e andò a prendere uno specchio. Era uno specchio che avevo fatto io, usando il mercurio. Offriva una superficie riflettente, come tutti gli specchi, ma dietro il riflesso, in profondità, c'era una pozza color magenta.

«Perché credi di avere un aspetto così giovane, Alice? Hai quasi quarant'anni.»

«Devo ammettere che da quando ti conosco mi sembra di essere ringiovanita.»

John Dee annuì. «Mercurio è uno spirito giovane. Negli esperimenti alchemici rappresenta la forza rinnovatrice.»

«Allora è il mercurio che mi ha fatto rimanere giovane.»

John Dee scosse la testa. «Solo in parte. Ho sperimentato un elisir. È l'elisir che ti ho raccomandato di spalmare su tutto il corpo, una volta al mese, al novilunio.»

«Lo hai dato anche a Elizabeth. È quello il segreto della sua bellezza?»

«La bellezza di Elizabeth sta cadendo dal suo corpo come una giacca lacera. Non è riuscita a fare di te la vittima da sacrificare al suo posto. Guarda nello specchio: sta già invecchiando e avvizzendo.»

Guardai nello specchio: la pelle del viso di Elizabeth sembrava una pergamena ingiallita. Scritte sul corpo c'erano la malattia, la deturpazione, la morte.

Christopher Southworth raddrizzò la schiena. «Alice, chi è Elizabeth Southern?»

«Southern era il suo nome da ragazza. Ha sposato un uomo il cui cognome era Device. Elizabeth Southern è la Vecchia Demdike.»

# Che tu sia maledetta

Roger Nowell soffriva. Il malessere era cominciato verso mezzogiorno, dopo il pranzo, appena si era alzato da tavola. Gli tremavano le gambe e avvertiva un dolore lancinante, come se avesse un coltello piantato nell'inguine. Si era dovuto aggrappare al bordo del tavolo di quercia per non cadere e aveva chiamato un servo perché lo aiutasse a salire le scale e a mettersi a letto. Il dottore non poteva venire a visitarlo subito, così fu mandata a chiamare l'erborista di Whalley. Quando la donna arrivò, Roger Nowell aveva la febbre alta.

«Mi stanno pugnalando» disse. «Mi conficcano nel corpo ferri acuminati.» Un altro spasmo di dolore lo trafisse. Lui gridò e si artigliò il petto.

L'erborista gli slacciò la camicia e scostò le lenzuola per esaminargli le gambe. Sembrava che il suo corpo fosse stato pugnalato più volte. Era coperto di ferite rosse che sanguinavano.

«Questa non è una febbre naturale» sentenziò l'erborista. «È l'effetto di un atto di stregoneria.»

«Maledetta Demdike» disse Roger Nowell. «Che possa crepare all'inferno.»

Potts irruppe nella stanza da letto, trionfante. «Ho una notizia straordinaria! Christopher Southworth è nel Lancashire. Christopher Southworth è a Rough Lee.»

«Lo so» disse Roger Nowell.

«Lo sapete? E non fate nulla?»

«Non c'è nulla che si possa fare. Ho fatto perquisire la casa da cima a fondo. Non ne abbiamo trovato traccia.»

«Arrestate Mistress Nutter.»

«Non posso arrestare una donna perché ha dato rifugio a un uomo che non si trova.»

«Vi dico che è lì» gridò Potts, battendo un piede.

«Sto male» disse Roger Nowell.

Potts si avvicinò al letto e constatò che Roger Nowell era davvero malato. «È un maleficio!» disse.

«È stata la Demdike» disse Roger Nowell. «Ho dato ordine di portare qui, stasera stessa, la marmaglia di Malkin Tower. Se sarò ancora vivo, annoterò le loro deposizioni.»

«Me ne occuperò io» esclamò Potts. Il suo momento di gloria era arrivato. «E perché attribuite il maleficio di cui siete vittima alla Demdike? Scommetto che è opera di Alice Nutter.»

L'erborista si adombrò. «Mistress Nutter è esperta nelle arti alchemiche e conosce le piante e le polveri, ma non è una strega, e io sono pronta a giurarlo.»

«Non giurerete proprio niente, a meno che non vogliate farle compagnia sul rogo.»

L'erborista non rispose. Preparò una pozione e ordinò a Roger Nowell di berla. Lui obbedì e si addormentò all'istante.

Dopo aver raccomandato al servitore di non disturbare il suo padrone e di lasciare che si svegliasse da solo, l'erborista montò in groppa al suo asino e partì alla volta di Rough Lee.

# La rete si stringe

Dalla finestra si vedeva solo la nebbia bianca.

«Vattene» disse Alice a Christopher Southworth. «Ho qui cento sterline. Prendile. Poi porterò i miei gioielli. Manderò un baule con la biancheria e l'argenteria a un amico fidato di Londra.»

Si alzò e si avvicinò alla credenza d'angolo. «Questa è la chiave della mia casa di Bankside. È affittata, però c'è una stanza chiusa, dove nessuno può entrare. Consegna quest'anello con il sigillo agli inquilini e mostra loro questa chiave.»

Gli diede l'anello e la chiave. «E tu quando mi raggiungerai?» le chiese Christopher.

«Partirò domani.»

La baciò. Le prese il viso tra le mani. «Ti amo.»

Alice guardò fuori. La casa e i terreni circostanti erano silenziosi e impalpabili, come la nebbia che li ammantava. «Ti porto un cavallo. Appena mi sentirai arrivare sotto la finestra, salta giù.»

Alice andò nelle scuderie. A quell'ora gli stallieri cenavano in cucina, al caldo. Non avevano ricevuto nuovi ordini e i cavalli erano già stati governati. Alice sellò un cavallo baio. Si chinò e gli sollevò gli zoccoli, uno dopo l'altro, li coprì con dei sacchetti di stoffa e condusse il cavallo, senza che nessuno lo sentisse, sul lato della casa.

Christopher si era affacciato alla finestra, ma la nebbia era così fitta che riuscì a scorgere Alice solo quando arrivò proprio sotto di lui. Si mise a tracolla le borracce di acqua e di vino, controllò il pugnale, si allacciò il mantello. Si portò la mano al collo. Dov'era il suo crocefisso?

Non c'era più tempo. Si lanciò dalla finestra a bifora e cadde a terra senza farsi male. Alice tenne fermo il cavallo e lui montò. «Non tardare» le disse. «Ho paura.»

Alice non rispose. Si chinò e gli baciò la mano. Lentamente e senza fare rumore, Christopher guidò il cavallo oltre i cancelli. Appena ebbe via libera, tolse i sacchetti di stoffa dagli zoccoli e partì al trotto. La nebbia era sua alleata. Lui conosceva la strada.

Alice non tornò in casa. Girò attorno all'edificio e andò verso un sedile spoglio sotto un melo ancora spoglio. I rami non osavano far spuntare le foglie. Si sedette e si prese la testa tra le mani, grata alla quiete greve della nebbia.

Sapeva di dover radunare i documenti che attestavano il suo diritto di proprietà fondiaria e di proprietà in concessione. Aveva accumulato scorte d'argento. Ci sarebbe voluta una settimana per arrivare nei dintorni di Londra. Avrebbe cavalcato fino a Preston, e là avrebbe venduto il cavallo per prendere la carrozza e andare a Manchester. A Manchester avrebbe assunto un'altra identità e, sotto un nuovo nome, avrebbe raggiunto Londra.

Pensava a tutto questo quando il suo falcone si posò fra i rami del melo come uno spirito spettrale. Dopo un po' si accorse che qualcosa le cadeva in grembo, poi qualcos'altro, e qualcos'altro ancora. Sembravano sassolini.

Ne raccolse uno: non erano sassolini, erano denti umani.

# Avanti

A Malkin Tower, Elizabeth Device e la Vecchia Mouldheels avevano impiccato il pupazzo di Roger Nowell. Decine di spilli gli infilzavano le gambe.

I prigionieri erano sempre più impazienti. Si erano seduti in cerchio davanti alla testa in putrefazione, in attesa che parlasse. La testa non aveva parlato.

Dalle feritoie della torre potevano vedere le guardie. La luce stava scemando: il Cancello del Crepuscolo.

«Io sostengo che dobbiamo fuggire da qui aggredendo le guardie» disse Agnes Chattox. «Abbiamo un gancio da macellaio e un forcone.»

«Ti dico che Roger Nowell è confinato a letto e non si alzerà più.»

«Se si alzerà prima che si levi la luna, nessuno di noi rivedrà la luce del sole.»

«Ti dico che morirà al calar della notte. Ti dico che la testa parlerà.»

«Se la testa non parlerà prima di Master Nowell, nessuno di noi parlerà più.»

# Ancora

«Questi denti» disse l'erborista «provengono dalle tombe che sono state saccheggiate al cimitero di Newchurch in Pendle. Non lo sapevi?»

«Ero a Hoghton.»

«Una barbarie. Testa, ossa, denti, grattati via dalla fossa come vermi da un barile.»

«I Demdike sono reclusi.»

«Se sono a Malkin Tower, non sono reclusi. C'è un'uscita.»

«La torre è sulla mia proprietà. Non c'è modo di uscirne.»

«Il modo c'è» disse l'erborista. «Ti dico che ieri notte Jennet Device era al Dog con Tom Peeper, e James Device è più furbo di quanto tu creda.»

«Può darsi che Jennet e Jem abbiano saccheggiato le tombe, ma in ogni caso non hanno potuto portare il loro sacchetto di marciume a Malkin Tower.»

«E invece sì. Dev'essere stata Jennet a prendere la testa mozzata, putrescente e verminosa, e a farla rotolare, come la vescica di un maiale, attraverso il buco.»

«Che buco?»

L'erborista si prese la testa tra le mani.

«E a quale scopo?»

«Per fare un maleficio! Sei diventata matta? Hai perso il senno? Sono sicura che hanno cucito un pupazzo, l'hanno stregato e gli hanno pugnalato le gambe. I denti servono per provocare dolore. Dio solo sa – e mi faccio il segno della croce, non importa se è un simbolo della vecchia religione – che cosa hanno mescolato in quell'intruglio del Diavolo!»

«No» disse Alice. «Siamo vecchie amiche, ma tu sei superstiziosa e io non lo sono. Roger Nowell ha cavalcato al galoppo in un'alba umida: è questa la causa del suo stato. Il fatto che lui creda si tratti di un maleficio non significa che lo sia.»

«Alice, io credo che sia stregoneria. Roger Nowell crede che sia stregoneria. Ha fatto il nome della Demdike e poi quel piccolo imbroglione che è venuto qui per le assise…»

«Si chiama Potts.»

«Potts ha fatto il tuo nome.»

«Il mio nome?»

«Alice! Sei stata tu a mandare da me quel ragazzotto scemo, Robert Preston, con la lingua mozzata, e gira voce che hai preso le parti della sgualdrina che gliel'ha strappata con un morso. Al Dog dicono che ti sei messa di mezzo per impedire che buttassero in acqua una strega. Io vado lì a bere, li sento i loro discorsi. E negli ultimi tempi ho sentito fare il tuo nome troppo spesso. Se Roger Nowell non guarirà, ne pagherai le conseguenze.»

«Il maleficio non c'entra.»

«Alice, so che nascondi il prete. Non sono l'unica che lo sussurra.»

«Se n'è andato.»

«Bene.»

«Cosa vuoi che faccia?»

«Vai a Malkin Tower. Trova il pupazzo stregato e distruggilo prima che Roger Nowell muoia.»

# Parla il ragno

Al Dog, James Device era stato chiuso a chiave in una camera al piano di sopra. Non gli importava. Si era sfamato e aveva un posto per dormire, al riparo dalla pioggia di aprile.

Era seduto sulla panchetta sotto la finestra nella stanza disadorna, con un pagliericcio come letto. Non era abituato a stare da solo, se non nei giorni in cui cacciava di frodo nella foresta, e nella foresta non si era mai soli. C'erano altre creature, anche loro in cerca di cibo. Jem era amico della lontra e del tasso, della volpe e del coniglio, e se doveva prenderli con una trappola, o rubare il pesce catturato dalla lontra, non per questo li considerava meno amici. Conosceva anche gli alberi e si appoggiava al loro tronco quando era afflitto dai guai e talvolta anche quando era felice. Era da tanto tempo che non era più felice.

Si frugò nella tasca e vi trovò il ragno.

Era un ragno femmina, grande quanto il palmo della sua mano. La guardò. Gli piacevano quei suoi occhi luccicanti e quelle zampe pelose. Le accarezzò il corpo nero: aveva una sacca piena di uova.

«James Device» disse il ragno, «stanotte devi rendere piena confessione dei crimini commessi da tua nonna, da tua madre e dalle tue sorelle.»

«Non denuncerò la piccola Jennet.»

«Però denuncerai Alice Nutter.»

«E poi sarò libero per sempre, vero?»

97

Il ragno dimenò due zampe. Jem pensò che si dimenasse per liberarsi.

«Ti troverò un cantuccio che ti servirà per tessere la ragnatela, e lì vicino appenderò un pipistrello con cui farai un bel banchetto. Puoi mangiartelo vivo e usare le sue ali coriacee per spiccare il volo. Un ragno che non è una mosca e che può volare come una mosca.» Rise della sua battuta.

«James Device» disse il ragno, «scappa!»

«Scappare? E la mia ricompensa?»

«Ti ho dato il mio consiglio» disse il ragno.

«Sei stata tu a dirmi di confessare! Mi hai detto che mi avresti protetto! Mi hai detto che sarei diventato più potente di Alice Nutter.»

«Nemmeno le mie otto zampe riuscirebbero a farti scappare lontano veloce quanto dovresti.»

# Salvatemi

Tom Peeper e il conestabile Hargreaves uscirono dal Dog e si avviarono verso Malkin Tower. Entrambi avevano in mano una rete e un bastone. Non vedevano l'ora di usarli.

Alice Nutter e l'erborista erano già arrivate alla torre, l'una a cavallo, l'altra in groppa al suo asino. Si erano messe d'accordo: Alice avrebbe distratto le guardie davanti alla torre, e l'erborista, senza farsi scorgere, sarebbe andata sul retro della costruzione, sul lato nord, dove c'era il passaggio segreto.

L'erborista lasciò libero l'asino perché si cibasse dei nuovi germogli del biancospino, e non si sorprese nel vedere Jennet Device seduta con la schiena appoggiata alla torre. La bambina la guardò e non disse nulla. Era abituata al fatto che gli adulti volessero qualcosa da lei.

«Jennet, so che tu sai come entrare nella torre.»

«E se fosse così?»

«Entra e prendi il pupazzo che ha fatto tua madre!»

La bambina scosse la testa. «Non posso. È stregato.»

«Ma a te non farà niente. E se me lo porti ti darò qualcosa di buono.»

Jennet sembrava interessata. L'erborista si tolse di tasca una coscia di pollo. La gettò alla bambina, che la afferrò con una mano e la divorò in un baleno, ossa comprese, tenendo lo sguardo fisso sulla donna.

«E questa era solo la coscia. Ti potrai mangiare tutto il pollo. E avrai questa moneta da sei penny.» Le mostrò la grande moneta scintillante che recava l'effigie della Regina Elisabetta.

Senza una parola, Jennet scomparve, come se si fosse volatilizzata nell'aria. L'erborista si sedette. Si trattava solo di aspettare.

Al lato sud della torre, Alice Nutter protestava con le guardie perché la lasciassero entrare nella sua proprietà. Le guardie le negarono il permesso. La discussione si fece sempre più animata, e i prigionieri si accalcarono alle feritoie per vedere cosa stava succedendo, lasciando incustoditi sia la testa sia il pupazzo.

Jennet, sgusciando dentro come un pesce, salì di soppiatto dal piano di sotto e vide la scena. La testa era sul tavolo. Il pupazzo era appoggiato dietro la testa, vicino alla botola con la scala che portava in cantina.

Jennet era una ladra lesta come tutti quelli del clan Demdike, e aveva il vantaggio di essere più piccola e più leggera. In un attimo si impadronì del pupazzo e si lanciò giù per le scale e fuori dalla torre attraverso il pertugio segreto, per poi risalire il fossato. Gettò il pupazzo all'erborista che, dopo aver tolto tutti gli spilli, lo mise nella sua bisaccia e spronò l'asino. Jennet ebbe la sua moneta e il suo pollo. Se li portò nei cespugli.

A Read Hall, Roger Nowell cominciò a fare qualche movimento. Riusciva a muovere le gambe. Aveva ancora la febbre ma non era più paralizzato.

Tom Peeper e il conestabile Hargreaves cavalcavano lentamente, diretti a Malkin Tower. Nessuno dei due fu contento di trovare lì Alice Nutter.

«Siamo qui per ordine della Corona, per portare i prigionieri a Read Hall» annunciò il conestabile Hargreaves nel suo eloquio rallentato, «e voi non potete entrare nella torre. Se avete qualche rimostranza da fare, rivolgetevi al giudice.»

«Vi convocherà al più presto» disse Tom Peeper.

Alice gli si rivoltò contro. «Voi non avete né bei modi, né fascino, né avvenenza, né cervello, né alcuna abilità, eppure siete vivo, a differenza di molte donne che in vita loro non hanno fatto altro che tessere, filare e cercare di cavarsela meglio che potevano e sono state impiccate o bruciate sul rogo. Riuscite a spiegarmelo?»

«Io non sono una strega, Mistress» disse Tom Peeper. «Quanto all'avvenenza, potreste spiegarmi l'origine della vostra?»

Alice lo colpì in faccia con il frustino. Lui si asciugò il sangue e le sputò addosso. «Tra non molto vi vedrò bruciare.»

Prima che Alice potesse rispondergli, le guardie abbassarono il ponte levatoio sull'acqua putrida del fossato e aprirono la porta della torre. Elizabeth Device fu la prima a uscire.

«Dov'è finita la sua bellezza?» disse Peeper. «Non che Lizzie la Strabica sia mai stata uno splendore. Dovrebbe essere riconoscente a ogni uomo che l'ha degnata di un bacio, come si degna un cane di un osso avanzato da una settimana.»

«Alice Nutter, salvatemi!» esclamò Elizabeth Device.

«Credi che ti farà volare via?» disse il conestabile Hargreaves. «È troppo tardi per i vostri trucchetti.»

Elizabeth si avvicinò e Tom Peeper le appioppò una bastonata sulle spalle. Lei cadde a terra, maledicendolo.

Vennero portati fuori gli altri prigionieri. Il conestabile Hargreaves gettò la sua rete sul primo gruppetto, Tom Peeper accalappiò quelli che uscirono per ultimi. E così furono catturati tutti, come pesci in sembianze umane, scortati da una guardia da entrambi i lati. Mesti, cenciosi e spaventati, s'incamminarono verso Read Hall.

Alice li guardò partire. Elizabeth Device si girò, il volto sconfitto e furioso, il sangue che le colava da un orecchio.

«Alice Nutter! Salvatemi o sarete dannata con me.»

# Il passato

L'infelice gruppetto sparì giù per il pendio allontanandosi dalla torre. Alice girò attorno all'edificio, cercando l'erborista, che però se n'era andata. Alice era vicino al cespuglio in cui si era nascosta Jennet Device, che se ne stava immobile come un rospo. Solo i suoi occhi guardinghi si muovevano.

Dio, era un luogo orribile. Alice detestava quella torre. Avrebbe dovuto farla abbattere. L'avrebbe fatta abbattere, se la Vecchia Demdike non l'avesse implorata di lasciarla in piedi.

E Demdike aveva le sue ragioni, in un certo senso. Sua nonna e sua madre avevano trovato rifugio lì.

Malkin Tower era il luogo selvaggio e abbandonato dove Isolde de Heton era arrivata con la sua bambina dopo essere stata scacciata dall'abbazia di Whalley con l'accusa di essere una donna perduta, una seguace di Satana.

Lì, con Blackburn, il suo feroce amante, aveva allevato la figlia da sola, evitata da tutto il consorzio umano. Era una nobildonna, ma la evitavano.

Lì, sempre sola, per giorni, notti, settimane, mesi, aveva insegnato a Bess Blackburn, sua figlia, a disprezzare la gente e a esultare della solitudine. Le rare volte in cui Blackburn tornava da loro, dopo le scorribande e le razzie, la torre s'illuminava, e i passanti atterriti sostenevano di aver visto schiere di diavoletti che la sorvolavano come pipistrelli. Si sentivano strani rumori, risate e grida.

E ogni volta che Blackburn ripartiva, Isolde e Bess avevano abiti nuovi e destrieri scalpitanti, e cavalcavano a Pendle Forest e Pendle Hill, lontano dai sentieri battuti. Se le incontravi, non ti rivolgevano la parola.

Isolde morì per mano del suo amante demoniaco, o, come sostengono alcuni, fu da lui tramutata in spirito. Sua figlia Bess, che all'epoca aveva sedici anni ed era stanca di quella vita solitaria, s'impadronì dei soldi accumulati nella torre – una somma consistente – e ne fece la propria dote, per sposare un uomo conosciuto a Whalley.

Bess Blackburn partorì una bambina a cui diede il suo stesso nome, Elizabeth, benché certuni dicano che la Vecchia Demdike era stata battezzata due volte, una volta in nome di Dio e un'altra in nome di Satana, nella pozza scura ai piedi di Pendle Hill.

Alice si affrettò a tornare all'ingresso della torre. Entrò e si fermò nell'orribile sala con i muri anneriti dal fumo, unti di grasso, verdi di muffa.

Notò una nicchia nella parete, coperta da una tenda fatta con un pezzo di sacco. Alice lo scostò. Nascondeva un giaciglio, sorprendentemente pulito e reso confortevole dalla paglia fresca. Le pareti erano coperte da cima a fondo di disegni alchemici e di geroglifici.

Alice li osservò: era in grado di decifrarli. Per un attimo dimenticò dov'era e credette di essere tornata a Bankside, con Elizabeth, a tracciare congiunzioni planetarie.

Su quella parete c'erano calendari lunari e date stellari. C'era il tema natale della stessa Demdike. E sotto c'era il tema natale di Alice, senza che fosse riportato il suo nome. Con grande sgomento, Alice vide che era stata calcolata anche la data della sua morte.

Richiuse la tenda della nicchia. Stava sudando. Si girò verso il centro della sala. Il sole era tramontato: il Cancello del Crepuscolo.

Sul rozzo tavolo, scorse un tenue chiarore verde. Proveniva dalla testa.

Alice non credeva a ciò che vedeva. Le orbite vuote, il naso collassato, i brandelli di pelle putrida e bollita che penzolavano dal cranio. La cavità della bocca tenuta aperta con un bastoncino, e la lingua nera e grossa che ne sporgeva. La lingua di Robert Preston.

Alice dovette fare uno sforzo per rimanere dritta e non mettersi a vomitare. L'unico suono che si udiva era il suo respiro affannoso.

La bocca flaccida della testa sembrò contorcersi. La lingua nera si mosse lentamente su e giù nella cavità eruttante.

Poi la testa parlò: «Nata nel Fuoco. Scaldata dal Fuoco. Col Fuoco te ne andrai».

Alice urlò e corse fuori dalla torre, slegò la cavalla e partì al galoppo giù per il pendio, senza voltarsi indietro.

La bambina, Jennet Device, salì dalla botola della cantina e si avvicinò alla testa. La accarezzò. Mise la manina della neonata davanti alla bocca floscia e si sedette con la schiena appoggiata alla parete per finire il pollo, canticchiando una ninna nanna che aveva sentito chissà dove.

# Thomas Potts di Chancery Lane

*Interrogatorio di Elizabeth Device, di Pendle Forest, nella Contea di Lancaster. Vedova. Avvenuto a Read Hall al cospetto dell'egregio Roger Nowell, uno dei Giudici di Pace di Sua Maestà nella suddetta Contea.*

«I servi di Satana» commentò Potts mentre la brigata di Malkin Tower veniva scortata nella grande sala di Read Hall. «Ho già parlato con quella che chiamano Vecchia Demdike. Se ne sta rinchiusa in prigione, a Lancaster, e non chiede di essere graziata. Voi dite che questa è sua figlia. Allora è lei che dobbiamo intrappolare prima di tutti gli altri.»

Roger Nowell annuì. Non sentiva più dolori, né fitte. Non aveva mai creduto che un uomo potesse essere prostrato da un maleficio fin quando non l'aveva subito sul proprio corpo. Ora aveva cambiato idea.

Potts si mise al lavoro. Accusò Elizabeth Device di tradimento. Non conosceva la Legge contro la stregoneria del 1604?

Lei non rispose.

Potts gliela spiegò: «Evocare uno spirito è un delitto capitale, punibile con la morte».

Elizabeth Device disse che non aveva evocato nessuno spirito e che di spiriti non ne conosceva.

«E cosa mi dite di Tibbs, il demone della Vecchia Demdike? E di Ball, quel cagnetto marrone che dicono vi appartenga?»

C'era un cane. C'erano tanti cani. Non era disposta ad ammettere nulla.

«E cosa mi dite delle figure di argilla?»

Lei non aveva creato nessuna figura di argilla.

«E cosa mi dite dell'infermità di John Law, il venditore ambulante, causata da vostra figlia Alizon?»

Lei non era responsabile né di quel che faceva sua figlia, né di quel che faceva sua madre.

«Chiamate James Device» ordinò Potts.

Jem entrò. Non era riuscito a fuggire veloce quanto doveva con due gambe, e nemmeno con otto. Si guardò attorno, intimidito dall'eleganza della sala. Era fuori posto, alticcio, confuso. Ma sapeva quel che doveva fare.

POTTS: «Avete un demone che vi serve?».

JEM: «Si chiama Dandy. È un cane».

POTTS: «Che cosa fa per voi?».

JEM: «Mi va a prendere delle cose».

ELIZABETH DEVICE: «Idiota, è a questo che serve un cane».

POTTS: «Silenzio! James Device, confermate che vostra madre, Elizabeth Device, ha organizzato il raduno a Malkin Tower di Venerdì Santo?».

JEM: «L'ha fatto».

POTTS: «E a quale scopo?».

JEM: «Per studiare un piano e liberare quelle che sono in prigione».

POTTS: «E per fare cos'altro ancora?».

JEM: «Per uccidere il carceriere».

POTTS: «E per che cos'altro?».

JEM: «Per evocare uno spirito, solo che non l'ha fatto».

ELIZABETH: «Brutto verme strisciante! Signore, lui mente!».

POTTS: «Perché dovrebbe mentire?».

ELIZABETH: «Per salvarsi la pelle, stupido londinese!».

Potts si alzò in piedi. Era basso, ma si drizzò in tutta la sua statura. «Non mi lascerò insultare da una strega e da una sgualdrina.»

106

ELIZABETH: «Sono contenta di sentirlo, visto che non sono né una strega né una sgualdrina.»

POTTS: «Respingete le accuse che vi vengono rivolte?».

ELIZABETH: «Nego ogni addebito».

POTTS: «Voi, James Device, siete disposto a testimoniare contro vostra madre?».

JEM: «Sì».

POTTS: «E contro tutti quelli presenti qui, coloro che si trovavano a Malkin Tower?».

JEM: «Sì».

POTTS: «Non c'è molto altro da aggiungere. Giudice! Vi invito a mandare in prigione questa feccia di Malkin Tower. Li risentiremo in un secondo momento, davanti a una corte, alle assise di Lancaster».

ELIZABETH: «Se lui testimonia contro di me, allora io testimonierò contro di lui. È fuggito dalla torre trasformandosi in una lepre».

Nella sala scese il silenzio. Jem scoppiò a ridere. «Sono salvo, vero, conestabile Hargreaves? Tom? Nessuno potrà farmi niente. Adesso vado a casa a occuparmi di Jennet.»

Nella sala nessuno parlò. Hargreaves fissava il pavimento. Tom Peeper guardava fuori dalla finestra. Potts alzò lo sguardo dal foglio su cui stava alacremente prendendo appunti. «Portate via James Device insieme agli altri. Sarà il tribunale a decidere.»

Jem si lanciò verso la finestra, ma era troppo tardi. Mani forti lo fermarono. Guardò Tom Peeper, implorante, senza capire. «Avevate detto che mi avreste trovato una casa, che mi avreste dato dei vestiti, da mangiare, una fidanzata...»

Tom Peeper rise. «Se il giudice ti lascerà libero, forse potrai avere tutte queste cose. Però tua madre ha ammesso che ti sei trasformato in una lepre, e, Vostro Onore, è quel che lui stesso mi aveva detto, solo che io pensavo fosse ubriaco.»

«Si riscontrano casi frequenti di mutamenti di forma. Frequenti, seppure temporanei. Abbiamo la sua confessione, corroborata da quella della madre. Può bastare.»

Elizabeth Device si mise a ridere. Una risata stridula, folle. «Ben fatto, brav'uomo uscito dal mio grembo. Cosa ci hai guadagnato? Niente! E cosa hai perso? Tutto!»

«C'è Jennet!» gridò Jem. «Qualcuno deve darle da mangiare e occuparsi di lei!»

Tom Peeper fece un passo avanti. «Ci penserò io, Vostro Onore.»

Elizabeth rise di nuovo, questa volta di una risata aspra e malsana. «Lo farai davvero? Dopo tutti questi anni? Bene, bene, in fondo sei suo padre.»

Roger Nowell era sbigottito. Tom Peeper aveva uno sguardo sfuggente. Il conestabile Hargreaves si guardava gli stivali. James Device era rimasto a bocca aperta. La chiuse, tolse le mani dalle tasche e atterrò Tom Peeper con un pugno. L'uomo cadde svenuto sul pavimento.

«Ecco una cosa buona che hai fatto nel tuo schifo di vita» disse Elizabeth Device, rivolta al figlio. «E la nostra non è stata una storia d'amore, signori miei. Tom Peeper mi ha presa con la forza. Ha detto che avrei dovuto esserne contenta, brutta come sono!»

Jem si girò verso di lei, traboccante di odio. «Hai lasciato che vendessi tua figlia al suo stesso padre.»

«L'avresti comunque venduta a qualcuno» disse Elizabeth. «Perlomeno lui qualche volta le ha comprato un vestito nuovo.»

Roger Nowell si alzò in piedi. «Basta così. Portateli fuori di qui. Per il momento Jennet verrà a stare da me: mangerà e dormirà in cucina.» Abbassò lo sguardo su Tom Peeper. «Hargreaves, gettate questo miserabile nello stagno. Se annegherà, peggio per lui. Se si salverà, tenetelo lontano dalla mia vista.»

Hargreaves ordinò ai suoi uomini di portare via l'uomo privo di sensi.

«Tutti voi, gente di Malkin Tower» disse Roger Nowell, «partirete di qui all'alba, a eccezione di Elizabeth Device e James Device, che partiranno a mezzogiorno. Portateli nelle cantine. Date loro da mangiare.»

«Manca qualcuno» disse Elizabeth.

«C'è qualche altra strega?» chiese Potts. «Se la denuncerete, la cosa tornerà a vostro favore.»

«È una bugiai!» gridò Jem.

«Mi farete una promessa alla presenza di testimoni?» chiese Elizabeth Device.

Potts ordinò che gli altri prigionieri fossero portati via. Ora erano rimasti solo loro tre nella sala.

«Non voglio essere messa in ceppi, né in catene, né essere impiccata o bruciata» disse Elizabeth. «Scrivetelo. E voi, Master Nowell, sarete testimone della sua promessa.»

«Chi è?» chiese Potts. «Chi è la strega?»

«Alice Nutter» disse Elizabeth Device.

# Scorre la sabbia nella clessidra

Alice Nutter ritornò a Rough Lee. Vi trovò ad attenderla l'erborista, che le mostrò il pupazzo.

«Ora mi credi?»

Alice annuì. Stava tremando. Non le disse niente della testa. «Mi aiuterai?»

Insieme riempirono un baule di argento e di indumenti e ordinarono agli stallieri di caricarlo su un carretto che attaccarono all'asino dell'erborista. E lei partì, con i soldi sufficienti per prendere due cavalli e un posto sulla carrozza con cui Alice sarebbe andata a Manchester.

Alice mise i gioielli, il denaro e gli atti di deposito in una morbida borsa di cuoio e la nascose nel passaggio segreto che collegava lo studio alla camera da letto. Togliendo dalla credenza un'abbondante scorta di fiale, vide la lettera di Edward Kelley lì dove l'aveva riposta nel giorno in cui era stata lambita dalle fiamme…

La prese.

*E se lo chiamerai, ti sentirà e verrà da te come un angelo del Nord vestito di scuro. Ma tu incontralo là dove lo si può incontrare, al Cancello del Crepuscolo.*

Nascose la lettera nel vestito.

Poi aprì una scatola e tirò fuori un piccolo specchio. Aveva la cor-

nice e il retro d'argento, e il vetro era fatto di mercurio. Era lo specchio che le aveva regalato John Dee.

C'era un'altra cosa da prendere: la fiala che conteneva l'elisir.

Andò a letto. Girò la clessidra e la sabbia cominciò a scorrere. Si
sarebbe alzata alle due di notte, per partire prima delle tre.

# Il tempo scade

Christopher Southworth arrivò a Lancaster verso le nove di sera. Ricoverò il cavallo nelle scuderie del Red Lion, vicino a Gallows Hill, prese una stanza per sé e mangiò un piatto di carne, accompagnandola con del pane. Poi uscì a piedi, senza che nessuno lo notasse, diretto al castello.

Non ebbe difficoltà a superare le sentinelle. La nebbia non si era ancora diradata. Era come se lui fosse invisibile. Aveva con sé una corda e un gancio e li usò per scavalcare il muro. Non era la prima volta che faceva una cosa del genere.

Riconobbe la Prigione del Pozzo appena vide la grata.

Si sdraiò e chiamò: «Jane!».

Jane Southworth era nel suo consueto angolo sotto la grata, in attesa della pioggia. Sentì qualcuno che la chiamava ed ebbe la certezza di essere impazzita. Udì di nuovo quella voce: «Jane!».

Alzò gli occhi verso l'apertura, nove metri sopra la sua testa. Non vide niente. Poi sentì che qualcuno sollevava la grata. Si guardò intorno. Le altre dormivano, mancava solo Nance Redfern, che era da qualche parte con il carceriere.

Una corda venne gettata dall'alto. Scivolando lungo la corda, Christopher Southworth si calò nella prigione.

«Jane!» La abbracciò stretta. Lei capì di essere morta. «Jane, aggrappati alla mia schiena e ce ne andremo. Svelta!»

Lo guardò scuotendo la testa. «Sei tu, Kit? Sono morta?»

Le diede l'acqua e lei vuotò la borraccia. Le diede un pezzo di carne che lei mangiò lentamente, senza mai togliergli gli occhi di dosso. Le disse che non era morta. Che era venuto dalla Francia per liberarla.

«È un complotto» gli spiegò Jane. «Hanno convinto un bambino ad accusarmi di aver celebrato una Messa nera. La mia domestica mi ha accusato di aver infilzato una bambola con gli spilli. Ricorreranno a qualunque menzogna pur di rovinare i Southworth.»

Christopher la strinse a sé. Era pelle e ossa, coperta di sudiciume. Aveva voglia di piangere e al tempo stesso di fare a pezzi la prigione con le sue mani.

«Aggrappati più forte che puoi. Sono abbastanza robusto da tirarci fuori entrambi da questo buco. Andremo subito a Londra e poi in Francia.»

Jane scosse la testa. «Se mi sottopongo al processo, ho qualche possibilità di essere assolta. Se fuggo con te stanotte, e loro non riuscissero a prenderci, finirebbero comunque per dire che sono fuggita grazie a un sortilegio.»

«E allora?»

«Allora vorrebbe dire che hanno vinto loro. Se saranno loro a vincere, altri ne soffriranno. E credi forse che non sappiano che sei qui?»

«Mi stanno cercando a Pendle, non qui. Vieni con me.»

La Vecchia Demdike si svegliò. Pur con gli occhi annebbiati dalla cataratta, riuscì a scorgere la figura alta e scura di Christopher Southworth. «È il Signore delle Tenebre! Sapevo che sarebbe venuto!»

Alizon Device si svegliò a sua volta, si strofinò gli occhi e fissò Christopher Southworth. Chattox continuò a russare.

La Vecchia Demdike si alzò a fatica, i piedi ormai insensibili avvolti negli stracci, e premette il suo corpo puzzolente contro quello di lui. «Sapevo che non mi avresti abbandonato!»

Christopher la spinse via. «Stai lontana da me, vecchia! Chi sei?»

«Demdike! Sono Demdike! Ti sei preso la mia anima. Ecco il mio corpo.»

Aveva i capelli arruffati, la pelle sottile e segnata da venuzze rosse attorno al naso e sulle guance. Ciuffi di peli le spuntavano dai nei. Il collo era incassato tra le spalle. Altro di lei non si distingueva: era solo una massa informe.

Christopher non sapeva né cosa dire né cosa fare. Possibile che quel relitto fosse l'amante della sua amante?

Demdike tese una mano. Le mancava un dito, il medio della mano sinistra… «*Ricordati di me…*»

Lui ricordò l'anello al dito di Alice, la sua pelle liscia e chiara.

Guardò di nuovo la Vecchia Demdike. Aveva gli occhi verdi. Verdi come un laghetto di Pendle Forest, come la foresta quando piove e il cielo è verde e la terra è verde e l'aria è verde. Aveva gli occhi verdi.


Jane si rifiutò di seguire il fratello. Gli domandò se avesse con sé una Bibbia e lui le diede il suo messale. Le lasciò anche dei soldi perché li desse al carceriere in cambio di cibo e acqua. Si tolse il mantello e glielo avvolse attorno alle spalle.

Sentì dei rumori che provenivano da fuori. Doveva andarsene. Baciò Jane, afferrò la corda e si arrampicò velocemente. Era forte e agile. Arrivato in cima, si sdraiò sulle pietre accanto alla grata. Sentiva le voci delle prigioniere sotto di lui.

«Era il Signore delle Tenebre!»

«E allora perché non ci ha portato via?»

«Lo farà. Vi dico che lo farà!»


Rimase lì, sdraiato sulle pietre, con il cuore che gli batteva forte. La vita era azione. Da un momento all'altro tutto poteva cambiare. Se ora Jane fosse stata al suo fianco. Se fossero stati in fuga insieme. Se Giacomo non fosse mai salito al trono. Se la Congiura delle Polveri non fosse mai stata ideata. Se Elisabetta non avesse fatto giustiziare Maria. Se Enrico non avesse voluto divorziare. Se il Papa non avesse scomunicato l'Inghilterra. Se l'Inghilterra fosse stata ancora un Paese cattolico.

Tutta la storia, tutti gli eventi, non erano altro che una serie di casualità. Quanto a lui, non era ancora morto. E c'era Alice, che aveva scelto per lui. Se non fosse tornato, non avrebbe potuto scegliere al posto suo.

Rimase lì, sdraiato sulle pietre. Avrebbe potuto cambiare nome, Paese, fede. Le torture avevano cambiato il suo corpo. Lui aveva tentato di cambiare la storia.

Ma non poteva cambiare le circostanze della sua nascita, né cambiare di molto quelle della sua morte. Questa era l'epoca in cui era chiamato a vivere.

Con l'occhio della mente vide una clessidra.

# Tempo morto

Alice Nutter si era svegliata presto. Era vestita e si accingeva a partire quando li vide arrivare dalla finestra. Non ebbe dubbi: erano venuti per lei.

Lasciò i suoi preziosi averi nel nascondiglio segreto e scese al pianterreno perché voleva essere lei stessa ad aprire la porta. Non si sarebbe nascosta come una codarda. Che venissero pure a prenderla. Li avrebbe seguiti di sua spontanea volontà. Non si sarebbe lasciata catturare.

A Read Hall, Roger Nowell aveva attizzato il fuoco. La stanza era calda e luminosa. Salutò Alice con un inchino. Lei rispose con una riverenza. Lui la invitò a sedersi. Entrò Potts, gli occhi vigili come lance prima di una battaglia. Le chiese se avesse letto *Daemonology*, il trattato scritto dal Re.

Alice rispose di sì e precisò che non ne aveva una grande opinione.

«Allora vi chiederò di prestare attenzione a quanto segue» disse Potts, leggendo dalla sua copia.

"Due sono le categorie di persone che praticano la stregoneria: la prima sono i disperati o i poveri, che il Diavolo lusinga con la promessa di grandi ricchezze e di beni mondani, fino a farli diventare suoi adepti. La seconda sono i ricchi che, non paghi della propria ricchezza, sono posseduti da un desiderio di Potere o di Vendetta. Ma per tentare una donna in tal modo il Diavolo ha pochi strumenti... Come abbia potuto prendere una così cattiva strada non lo so dire, ma ora è giunto per lei il momento di ricevere la giusta punizione per le pratiche abiette e maligne di cui si è macchiata."

«Non ci sono prove contro di me» disse Alice.

Roger Nowell alzò una mano e il conestabile Hargreaves fece entrare James ed Elizabeth Device. Nessuno dei due aveva dormito.

Chiesero loro se Alice avesse partecipato al raduno del Venerdì Santo a Malkin Tower. Chiesero loro di spiegare cosa ci facesse lì, ed Elizabeth ammise che Alice Nutter era sempre stata amica di sua madre, la Vecchia Demdike.

«È ancora più potente di lei» gridò Jem.

«Non sono una strega» disse Alice. «Non ho altro da aggiungere.»

«E cosa mi dite di questo?» disse Roger Nowell.

Il conestabile Hargreaves mostrò il pupazzo. Elizabeth Device impallidì. «Io non ho fabbricato nessun pupazzo!» gridò.

«Mi assomiglia vagamente» disse Roger Nowell. «E ieri sono stato molto male, avevo dolori terribili.»

«Fate entrare l'erborista di Whalley» ordinò Potts.

L'amica di Alice entrò nella sala. Roger Nowell le ordinò di mettersi di fronte a lui. «Non avete forse sostenuto che la febbre che ieri mi ha colto all'improvviso non era la conseguenza di una malattia bensì di un maleficio?»

L'erborista annuì, senza guardare Alice.

«Allora cosa mi dite del pupazzo trovato a casa di Mistress Nutter? L'ha portato qui un suo servo.»

Potts prese il pupazzo e lo esaminò. «Questa è stregoneria! Alice Nutter, l'avete fabbricato voi?»

«No.»

«E allora come mai è stato trovato nel vostro studio, a casa vostra?»

Alice non poteva rispondere: non voleva incolpare l'erborista, che era sua amica.

«Il pupazzo ha capelli umani. Non so come abbiate potuto saccheggiare le tombe» disse Potts.

James Device protestò: «Sono stato io a saccheggiarle! Lei mi ha stregato, mi ha trasformato in una lepre e io sono riuscito a scappare da Malkin Tower. Ho saccheggiato le tombe a Newchurch in Pendle e le ho portato i denti e tutto il resto. È stata lei a stregarmi. Lasciatemi libero, come mi ha promesso il ragno».

«Un ragno?» chiese Potts. «È il vostro demone?»

«Tutti voi mi avete promesso che se avessi testimoniato contro Alice Nutter non mi avreste fatto niente.»

«Ah, dunque è così!» esclamò Alice. «L'avete corrotto e minacciato, ma è tutto legale perché è la Legge a farlo.»

Potts si alzò in piedi. «Alice Nutter, siete accusata di stregoneria. Sarete processata nelle assise di Lancaster.»

Roger Nowell si alzò in piedi. «Uscite tutti.»

Alice Nutter restò seduta. Gli altri lasciarono la sala, uno dopo l'altro, fin quando rimasero solo lei e Roger Nowell. Non erano ancora le cinque del mattino.

«Mi avete messo in trappola» disse Alice. «Non ne comprendo il motivo.»

Roger Nowell sorrise. «Vi ho messo in trappola e posso anche lasciarvi andare.»

«Qual è il prezzo della mia libertà?»

«Christopher Southworth.»

«Non è nascosto in casa mia. L'avete perquisita.»

«Voi sapete dove si trova, vero?»

«No, non so dove si trova.»

«Il vostro stalliere mi ha detto che ieri gli avete dato un cavallo.»

«Jem Device ha detto che l'ho trasformato in una lepre. Credete anche a questo?»

Roger Nowell rimase in silenzio per un attimo. Poi disse: «Sir John Southworth è mio amico. Non dovete credere che tutta questa storia mi faccia piacere. Anch'io corro un grosso rischio, non lo capite? Christopher Southworth è arrivato nel Lancashire e si è rifugiato da voi. Ho le mie spie, cosa credete? Voi l'avete nascosto sei anni fa, quando è fuggito da Londra dopo la Congiura… Sì, so che l'avete nascosto, ed è vero che ho chiuso un occhio. Poi vi ha lasciato per dirigersi verso le coste del Galles dove è stato catturato. Non ha voluto dire chi l'aveva nascosto. Non ha fatto il vostro nome».

Alice sentì gli occhi riempirsi di lacrime al pensiero del corpo di Christopher straziato dalle torture. Roger Nowell se ne accorse e le si avvicinò.

«Non mi sorprende che vi ami.» Le tese le braccia. Alice non cedette al suo abbraccio, ma nemmeno vi si oppose. Lui le disse dolcemente: «Non pensate che i vostri servitori possano essere comprati come chiunque altro?».

Alice lo guardò. «Siete stato voi a far arrestare Jane Southworth?»

Roger Nowell scosse la testa. «È stato Potts.» Tacque per un istante. «Avevo motivo di credere che Christopher Southworth stesse tornando nel Lancashire. Non capivo il perché. In tutta franchezza, pensavo che gli avesse dato di volta il cervello. Poi è arrivato Potts, con la sua tiritera su stregoneria e papato. Sono invischiato in questa trappola proprio come voi. Qualcuno deve essere sacrificato, non lo capite?»

E con il pensiero Alice tornò nella casa di Vauxhall e risentì la voce di Elizabeth che diceva: «È lei la Prescelta».

Non parlò. Roger Nowell fece un passo indietro e tolse di tasca un sacchettino in cui c'era il pesante crocefisso d'argento. Lo fece oscillare come fosse un pendolo, come un presagio del tempo. «L'hanno trovato nel vostro letto.»

«Una strega con un crocefisso. Mi accusate di officiare la Messa nera o la Messa solenne?»

Roger Nowell le diede un bacio sulla fronte. Sentì che il corpo di lei gli resisteva. «Potts non fa distinzioni del genere, e non le fa nemmeno il nostro Re scozzese. Chiunque voi siate, siete in pericolo di morte.»

«Non ho paura.»

Roger Nowell si allontanò. «Voglio darvi una possibilità. Tornate a casa. Riflettete con calma. Se fuggirete, non vi darò tregua. Se tornerete qui all'imbrunire e mi direte dove cercare Christopher Southworth – è l'unica cosa che voglio sapere – questa notte dormirete nel vostro letto. Se vi rifiuterete, vi manderò al castello di Lancaster.»

# Bankside

Christopher Southworth era arrivato a Londra. Aveva passato la barriera a Highgate, aveva venduto il cavallo ed era entrato in città a piedi.

Stalle, canili, fabbriche di birra, falegnamerie, botteghe di norcini, baracche basse dove si cucivano giustacuori o si facevano candele. Locande, taverne, fornai, trattorie, uomini e donne che fumavano pipe di argilla e reggevano sulla testa ceste colme di pesci. Cani che correvano dentro e fuori dalle ruote dei carri, un pappagallo su un trespolo, una donna che vendeva rotoli di stoffa su un carretto. Uno stagnaio con pentole e padelle che penzolavano dal suo corpo smilzo. Un violinista che suonava una melodia. Una pecora legata a una corda, l'odore della carne di montone che cuoceva, l'odore del ferro che diventava incandescente. Un bambino a piedi nudi, una ragazzina con in braccio un neonato, due soldati magri e cenciosi.

Ben presto Christopher raggiunse il Tamigi, smisurato come un sogno, gremito di imbarcazioni e di persone, inquietante come un incubo.

A Bankside c'era un cantiere navale. Barche appese, sabbiate, oliate, e l'odore della pece che si scaldava in un enorme recipiente. Nel cantiere, due uomini in abiti da lavoro scherzavano con un carbonaio che voleva andare a vedere una commedia.

Christopher Southworth si avvicinò ai tre per chiedere dove fosse la Casa del Segno. «Perché volete andarci?» chiese uno degli uomini. Dopo che ebbe dato un penny a ciascuno di loro, gli indicarono un molo basso, dove un bovaro stava marchiando una mucca fra sibili di vapore.

La casa era di legno. Dipinta di nero pece, con inserti di gesso bianco e belle finestre piombate. Una donna stava uscendo dalla porta. Christopher si presentò, le mostrò l'anello con il sigillo di Alice, la lettera e la chiave, e lei lo lasciò entrare, pur mostrandosi sorpresa. Le disse di chiamarsi Peter Northless.

«Se state cercando il Vero Nord, siete arrivato nel posto giusto» disse la donna, allungando la mano per tastargli le parti basse. Lui la fermò. La donna rise. «Non vi disturberemo, a meno che non vogliate essere disturbato.»

Una volta dentro, Christopher capì: era un bordello.

E anche un bordello raffinato. Arredato con gusto. C'era una scala che portava a una balconata, con una serie di belle porte. Dunque era così che Alice incrementava il suo reddito. Aveva detto che incassava una grossa somma per l'affitto.

Salì sulla balconata. Non era questo il piano della casa che Alice gli aveva descritto. Una stanza in soffitta, così gli aveva detto.

Arrivò davanti a una porticina a vento. La spinse e trovò una scala stretta e poco usata, a giudicare dalla polvere. Lasciò l'impronta dei suoi passi sugli scalini.

Continuò a salire, sempre più in alto, come se quella scala non dovesse finire mai. Quando arrivò in cima, si trovò davanti a una porta quadrata, grande e massiccia, su cui era dipinta una faccia. La serratura era nell'occhio destro della faccia. Lui la guardò. La faccia gli restituì lo sguardo.

Christopher entrò.

C'era un letto alto, accostato a una parete rivestita di riquadri di legno. C'era, accanto alla finestra, un tavolino apparecchiato per due, coperto da uno spesso strato di polvere. C'era un ritratto di una bella donna dagli occhi verdi. «Elizabeth Southern» disse lui, meravigliandosi che fosse la vecchia laida che aveva respinto nella prigione di Lancaster.

Gli sembrò di intromettersi in un'altra vita. In una vita segreta.

Sul tavolo c'era un libro rilegato in pelle di vitello. Lo aprì e riconobbe la scrittura di Alice.

*John Dee è tornato in Polonia per raggiungere Edward Kelley. Nessuna notizia di Elizabeth. Sono riuscita a fabbricare lo specchio.*

Lo specchio?

Si guardò attorno. C'era uno specchio appeso alla parete, ma non vi notò nulla di strano. Non c'erano armadi in quella stanza, né cassetti nel tavolo. Forse quello specchio l'aveva portato con sé. O forse l'avevano rubato, o era andato perduto.

Comunque, l'indomani o il giorno dopo ancora lei sarebbe arrivata, e insieme avrebbero cavalcato fino a Dover e si sarebbero imbarcati per Calais.

Una parete della stanza era occupata da due lunghe finestre che si aprivano su un balcone quadrato. Le liberò da anni di abbandono e uscì. Vide il fiume che attraversava la città e tutta la brulicante vita di Londra si srotolò davanti a lui come un tappeto. Provò una sensazione di pace e fu colto da una repentina stanchezza. Aveva cavalcato a lungo, cambiando un cavallo dopo l'altro, senza quasi mai dormire. Ora poteva riposare. Dopotutto, quello era il letto di Alice.

# Il Cancello del Crepuscolo

*Se sali sulla cima piatta di Pendle Hill, puoi vedere tutta la contea del Lancashire, e alcuni sostengono che si possa vedere anche altro. È un luogo infestato. I vivi e i morti s'incontrano sulla collina.*

Alice sapeva di essere seguita. Che la seguissero pure. Non avrebbero osato avvicinarsi troppo.

Sentì un frullo d'ali. Tese il braccio. Era il suo falcone. Le graffiò il braccio dove non era coperto dal guanto, ma lei non se ne curò, perché lo amava e sapeva che l'amore lascia una ferita che lascia una cicatrice.

Aveva con sé la lettera di Edward Kelley.

*Ma tu incontralo là dove lo si può incontrare, al Cancello del Crepuscolo.*

«Sono qui» disse.

Per un po' non accadde nulla. La nebbia che avvolgeva la collina come un mantello arrivava fino al ventre del cavallo. Lei smontò e rimase ferma, tenendo le redini. Non si udiva alcun suono. Era come se la collina ascoltasse in silenzio.

Poi vide una sagoma che le veniva incontro. Una sagoma incappucciata, che incedeva rapida. Il cuore le balzò in gola. Il falcone volò su un albero rinsecchito.

La figura si fermò a qualche passo di distanza da lei e si tolse il cappuccio. Era John Dee.

«Non mi aspettavo di vederti» disse Alice.

«Chi pensavi di vedere?»

«Ho una lettera… di Edward…»

«Magari ti aspettavi uno degli spiriti che lui evoca» disse John Dee. «Ma nemmeno loro potrebbero più aiutarti, ormai.»

«Sei vivo?» chiese Alice.

John Dee scosse la testa. «Non come lo sei tu. Noi sostiamo in un tempo sospeso, quello che i cattolici chiamano Limbo, a metà strada tra il mondo dei vivi e il mondo dei morti.»

«Allora sono morta?» gli chiese Alice.

«Sono qui per liberarti. Il tuo corpo è un involucro. Lascialo qui. Dammi la mano. Lascia che trovino il tuo involucro abbandonato a terra. Non possono fare nulla al tuo corpo, una volta che gli hai sottratto la tua anima.»

«Non ho mai creduto nell'anima» disse Alice.

«Sei ancora testarda» disse John Dee.

«Dov'è Christopher? È in salvo?»

«È a casa tua, a Bankside.»

Alice sorrise. Era al sicuro. Si sarebbe imbarcato. «Ed Elizabeth?»

«Per Elizabeth è troppo tardi. Era già troppo tardi molto tempo fa.»

«Falla uscire da quel posto immondo.»

«Non posso, e non puoi nemmeno tu. Non c'è niente che tu possa fare, Alice. È giunta l'ora di andare.»

John Dee le tese la mano.

Lei rimase lì, nella nebbia e nella luce morente. C'erano solo due persone care al suo cuore. Christopher era salvo. Sapeva che non l'avrebbe più rivisto. Elizabeth non era stata salvata.

Fischiò. Il suo falcone arrivò, riluttante, e atterrò su quella sottile striscia di tempo. Alice si tolse l'anello d'oro dal dito e lo infilò alla zampa dell'uccello. «Trovalo» gli disse. «Digli che non posso andare da lui.»

Sentiva delle voci oltre la nebbia. Erano vicine. John Dee le tese la mano, simile a un ramo infuocato. Non doveva far altro che toccare il fuoco per cancellare la profezia. Non sarebbe bruciata sul rogo. Sarebbe stata libera.

Scosse la testa. Infilò il piede nella staffa e montò a cavallo. Non avrebbe abbandonato Elizabeth al suo destino.

L'amore è potente come la morte.

# Qualcuno bussa alla porta

Era vestita di magenta. Cavalcava all'amazzone la cavalla dal mantello ramato. Aveva con sé una piccola borsa. Passò sotto l'arco ed entrò al galoppo nella corte di Read Hall, disperdendo i servitori.

Era già scesa la notte. Era in ritardo.

All'interno della casa, gli uomini avevano sentito il rumore degli zoccoli di un cavallo. Sentirono bussare alla porta e un servitore si precipitò ad aprire. Udirono le sue grida di allarme. Roger Nowell si alzò per capire da cos'era causato tutto quel trambusto. Aprì la porta del suo piccolo studio e si affacciò nella grande sala comune.

Alice Nutter era entrata in sella alla cavalla. L'animale indugiava tra le panche, scalpitando sul pavimento di pietra, le orecchie dritte e altere.

Potts irruppe nella sala. Potts fece marcia indietro.

Alice Nutter smontò da cavallo e passò le redini a Roger Nowell. «Sono pronta» disse.

# E un uccello

Christopher Southworth si svegliò e trovò una ragazza nel suo letto. Non propriamente nel letto: era acciambellata sui cuscini come un cagnolino.

«Ho sempre desiderato entrare in questa stanza. È visitata da strane presenze. Tutte le ragazze lo sanno.»

«E chi sarebbero?»

«Gli spiriti di due morte. Due donne. Le senti ridere e muoversi quassù, di sera. E poi senti il letto che scricchiola. Sono state vendute al Diavolo.»

«Io le conosco, quelle donne» disse Christopher. «Non sono morte.»

«E allora perché vengono qui tutte le notti di luna piena?»

«Stanotte c'è il plenilunio. Io resterò qui. Chiedimelo domani.»

La ragazza annuì e si alzò dal letto. «Vuoi fare qualcosa? Senza pagare, s'intende, visto che sei un ospite speciale.»

«Sono innamorato di un'altra donna.»

«È una buona risposta. Spero che qualcuno lo dica di me, un giorno o l'altro.»

La ragazza fece per andarsene e lui le chiese: «Perché la chiamano la Casa del Segno?».

«Non c'entra il segno della croce, se è a questo che stai pensando, qui non siamo religiosi.» Rise. «Lo vedrai sul gradino davanti alla casa. Il pentacolo, voglio dire. Una specie di formula alchemica.»

La ragazza se ne andò.

Quel giorno Christopher girò per Londra. Noleggiò i cavalli che avrebbero portato lui e Alice a Dover, dove era ancorata la nave che li avrebbe traghettati a Calais. Senza sapere perché, si sentiva pieno di speranza.

Quando tornò alla Casa del Segno, abbassò gli occhi e, sulla grande pietra da lastrico davanti all'ingresso, vide un pentacolo con dentro una faccia simile alla faccia dipinta sulla porta in soffitta. E c'erano delle rune che non riusciva a decifrare. Alice gli avrebbe spiegato tutto al suo arrivo. Sperava che accadesse quel giorno stesso.

Qualcuna delle ragazze si muoveva nella casa, ma per il resto c'era una grande tranquillità. Gli piaceva quel luogo, con il suo bel giardino e il fiume che gli scorreva accanto. Ad Alice piaceva vivere vicino all'acqua, vero? E le streghe aborriscono l'acqua, pensò, e poi si domandò: "Ma io credo alle streghe?". Non gli piaceva quella domanda. E ancor meno gli piacque la domanda successiva: "Se Alice è una strega, come posso amarla?". L'avrebbe amata anche se fosse stata un lupo che gli strappava a morsi il cuore. E meditò su quanto tutto ciò rivelasse dell'amore.

Salì la scala fino in cima e la porta con la faccia dipinta lo guardò. Lui sorrise e fece scorrere giocosamente il dito sulla bocca. La bocca non era fatta di legno: era morbida.

Si ritrasse con un gemito, tenendosi la mano. Morbida?

Con uno sforzo di volontà, la toccò di nuovo, e la sua mano tastò la solidità del legno.

Entrò lasciando la porta aperta, versò un po' d'acqua nel catino e si lavò il viso. Mentre si girava per guardarla di nuovo, la porta si chiuse.

Non voleva avere paura, ma *aveva* paura. Si avvicinò alle finestre per uscire sul balcone quadrato. Appollaiato sulla ringhiera di legno c'era il falcone.

Christopher si sentì felice. Il suo corpo si rilassò. Alice doveva essere vicina. Non sarebbe mai partita senza il suo falcone.

Andò a prendere dell'acqua. Gli diede un po' della carne di maiale che aveva comprato. L'uccello mangiò e bevve. Christopher gli parlò della Francia e dei falchi che avrebbe incontrato lì. Niente sarebbe più stato come prima, tutto sarebbe cambiato.

Poi l'uccello alzò una zampa e Christopher vide l'anello. «*Ricordati di me.*»

Con molta attenzione, tagliò l'anello e lo tenne in mano. Il falcone lo guardava. Alice non si sarebbe mai separata da quell'anello, a meno che non avesse altro modo di comunicare con lui.

«L'hanno presa...»

# Torturatemi

L'avevano denudata. Adesso era in piedi, le mani legate sopra la testa, la schiena rivolta verso di loro. Indossavano un cappuccio e tenevano in mano lunghi punteruoli appuntiti.

«Segui le vertebre ai due lati della colonna.»

Il primo uomo piantò il punteruolo di metallo nella schiena di Alice e poi lo estrasse rigirandolo. Fece un passo indietro, compiaciuto della sua dimostrazione. «È così che si fa. Ora tocca a te.»

L'apprendista era titubante: era solo un ragazzo. Infilò goffamente il punteruolo nell'altro lato della spina dorsale di Alice. Il sangue colò.

«Più decisione, ragazzo! Provaci di nuovo e piantalo seguendo una vertebra dopo l'altra, a una distanza di due centimetri. Bisogna che penetri nella pelle, nella carne e nel muscolo, così, in profondità. Lascia stare le natiche. Per quelle useremo la frusta.»

La fecero sanguinare fino a che la sua schiena non diventò un ammasso di tumefazioni e di rivoli di sangue. Sentiva il sapore del sangue in bocca, nel punto in cui si era morsicata la lingua per impedirsi di gridare.

Una porta si aprì alle sue spalle, ma con le mani e i piedi legati non poteva girarsi. Sentì una voce sommessa e gradevole che non riconobbe. «Dov'è Christopher Southworth?» Alice non rispose. La voce disse: «Vorrei mostrarvi come si scuoia un uomo».

La slegarono e le misero una benda sugli occhi. Nuda e scalza, fu condotta nelle prigioni sotterranee, dove tenevano la ruota e gli schiacciapollici. A quel punto le tolsero la benda. La vergine di ferro era aperta davanti a lei: una bara in verticale, l'interno del coperchio fitto di chiodi di ferro lunghi quindici centimetri. «Non c'è niente di cui preoccuparsi» disse la voce. «Non la usiamo quasi mai.»

La spinsero avanti. «Potremmo spezzarvi tutte le ossa del corpo, una dopo l'altra. Potremmo cavarvi i denti, uno dopo l'altro. Potremmo strapparvi le unghie, una dopo l'altra. Potremmo immergervi lentamente nell'olio bollente. Potremmo infilarvi dentro un attizzatoio, a volte rovente, a volte acuminato. Non ci sembra una cosa gentile da fare, vero? Preferiremmo trattarvi bene. »

Alice sentì degli squittii. «La stanza dei topi» disse quella voce maschile.

Attraverso la grata, lei sbirciò nella stanza, se di stanza si poteva parlare. Era piena di topi, fino a un metro di altezza, una massa compatta di topi che si divoravano a vicenda. «Povere creature, non hanno nulla di cui cibarsi se non i loro simili. Non mi sognerei mai di buttarvi lì dentro per darvi in pasto a loro. Perlomeno non tutta intera. Vedete, ci sono delle aperture in cui è possibile infilare un braccio o una gamba. Un arto alla volta.»

Alice non parlò. Una mano lieve e delicata le accarezzò la schiena martoriata. Lei trasalì. La mano si fermò appena sopra le natiche. «Non intendiamo usarvi violenza.»

Proseguirono. Alice sentì dei respiri, rapidi e affannosi. Una mano aprì una tenda.

Un uomo era legato a una panca, supino. Era vestito: solo la gamba sinistra era scoperta. Negli occhi iniettati di sangue c'era uno sguardo selvaggio. Le labbra erano punteggiate di schiuma. Voltò la testa, vedendo e al tempo stesso non vedendo Alice.

L'aguzzino era chino su di lui, assorto nel suo lavoro. Aveva già rimosso la pelle dalla parte alta della coscia ed era intento a staccarla dal ginocchio. Alice vedeva il grande muscolo della coscia che pulsava per il dolore. Il torturatore praticò una rapida incisione.

L'uomo gridò e svenne: il torturatore staccò la calza di pelle dalla gamba, verso il piede.

«Finisci quella gamba, lascia l'altra per domani» disse la voce. «E sveglialo.»

Un ragazzo si fece avanti con un secchio d'acqua e lo rovesciò addosso all'uomo che aveva perso conoscenza. Lui aprì gli occhi.

Alice fu portata in una stanza con dei mobili. Le offrirono del vino. Lo rifiutò. Le ordinarono di chinarsi. Vide un paio di gambe robuste, con i piedi divaricati. Le alzarono le braccia sopra la testa, tenendole strette. Sentì un sibilo. L'uomo con la voce gradevole cominciò a frustarle le natiche. «Vogliamo solo sapere dov'è.»

Quando tornò in sé, era nella sua cella, il viso premuto sul pavimento. Non sapeva se fosse giorno o notte, né quanti giorni o notti fossero passati. Le avevano portato del cibo e dell'acqua. Bevve, ma non mangiò.

# Ombre

Era tardi. Christopher Southworth contemplava il levarsi della luna. Con lui c'era il falcone. Voleva mandare un messaggio ad Alice per avvertirla che l'avrebbe raggiunta. «Andrai da lei, non è vero?» disse all'uccello fermo e silenzioso.

Il chiarore della luna piena entrò nella stanza alle sue spalle e Christopher sentì il suono di una risata. Si guardò intorno, si voltò: Alice ed Elizabeth Southern sedevano a tavola e trinciavano un pollo. Il suo cuore ebbe un sussulto. Corse alla porta. Non c'era nessuno.

Si guardò intorno a lungo, si passò una mano sul viso, bevve qualcosa. Poi tornò sul balcone.

Mentre stava uscendo udì una musica. Si girò a guardare: Elizabeth e Alice danzavano. Questa volta non si precipitò dentro. Rimase a osservarle. La stanza era esattamente quale la conosceva, ma piena di fiori e di bellezza e di vita, non polverosa e negletta. Alice baciò Elizabeth e lui si sentì mancare per la gelosia. Le due donne si mossero verso il letto. Alice sfiorò il collo di Elizabeth.

Non poté più trattenersi. In un balzo rientrò. La stanza era deserta. Si sedette sul letto, la testa tra le mani.

In quel momento udì un rumore di passi sulle scale. «Fammi entrare, presto!»

Riconobbe la voce della ragazza e aprì la porta. Lei sgusciò dentro. «Sono venuta a metterti in guardia. Al piano di sotto ci sono cinque o sei uomini che fanno domande. Se fossi in te, taglierei la corda. Gli farò delle moine, li bacerò e via dicendo, così guadagne-rai qualche minuto.»

Lui annuì e le strinse la mano. La ragazza se ne andò. Christo-pher infilò gli stivali e la giacca e si mise a tracolla le borracce di acqua e di vino. Ripose nella borsa il pane e il formaggio che ave-va comprato e spense la candela sul tavolo. La luce della luna ba-stava a illuminare ogni cosa.

Guardò fuori dalla finestra che si affacciava sulla strada. Sì, era vero. Nel cortile davanti alla casa c'erano degli uomini che stava-no parlando con alcune delle ragazze.

Uscì sul balcone in disuso. Poteva arrampicarsi sul tetto. Si frugò nelle tasche e trovò una moneta francese. La tenne nel palmo della mano e l'uccello la prese. «Dille che arriverò» disse.

Comprendendo le sue parole, il falcone volò sul tetto, aprì le pos-senti ali e si dileguò puntando verso nord.

# Mai più

La Vecchia Demdike era in agonia. Aveva la febbre. Da tre mesi non vedeva la luce del sole. Aveva bevuto acqua sporca, si era nutrita di pane ammuffito e di topi gonfi.

Il carceriere che portava da mangiare e da bere ad Alice la informò delle condizioni di Demdike. «Vorrei vederla» disse lei. «Sono disposta a pagare.»

Quella notte il carceriere andò a prendere Alice nella sua cella al piano superiore e la guidò fino alla Prigione del Pozzo. Senza pronunciare una sola parola, aprì la porta. Inserì la torcia sgocciolante grasso di maiale nell'anello di ferro fissato alla parete. Poi chiuse la porta e lasciò lì Alice.

Sulle prime lei non riuscì a vedere nulla. Poi le parve di scorgere un mucchio di corpi indistinguibili, avvinghiati l'uno all'altro in cerca di calore. Chattox, Nance Redfern, Jem Device, Elizabeth Device. Nomi che non avevano più significato, quasi che chi li possedeva li avesse abbandonati.

Si appoggiò alla porta per resistere al lezzo e alla sporcizia. Via via che i suoi occhi si abituavano a quel buio malefico, vide una donna che stava in piedi, ferma sotto un barlume di luce così debole da sembrare un ricordo della luce.

Alice si fece strada tra i corpi immobili. La donna che pareva una statua era Jane Southworth. Teneva tra le mani un libro di preghiere, così saturo di umidità da sembrare, più che un libro, un blocco compatto. Non riconobbe Alice. Aveva gli occhi spenti. Alice le posò una mano sulla spalla esile, Jane la scostò e ritornò a fissare il barlume di luce.

Tosse. Alice udì dei colpi di tosse che non sembravano venire dal petto, ma da un punto così profondo nei polmoni da trascinare tutto il corpo con sé. Demdike si districò dal groviglio dei prigionieri, ebbe un altro accesso violento e sputò. Poi si alzò sulle ginocchia.

Alice le si avvicinò. L'odore era insopportabile. «Elizabeth» le disse. «Elizabeth.»

La Vecchia Demdike sollevò lo sguardo. Era quasi cieca ma ci sentiva. «Lui verrà a prendermi, Alice» disse. «È lui che ti ha mandato?»

«Non verrà nessuno a prenderti» rispose Alice. «Bevi questo.»

Aveva portato con sé una fiala. La Vecchia Demdike tirò fuori la lingua come una bambina. Alice le versò il liquido in bocca. Demdike lo inghiottì e scosse la testa. «Non puoi più salvarmi, Alice: è troppo tardi.»

Ma la pozione l'aveva rianimata. Alice la trascinò verso la porta della cella e coprì la sporcizia con un sacco che le aveva dato il carceriere. Sorresse tra le braccia quel corpo consunto e malato.

«Ti ricordi?» le chiese Elizabeth.


Alice ricordava. Circa sei mesi dopo la notte nella casa a Vauxhall, aveva saputo che Elizabeth era stata colpita dal vaiolo. L'avevano relegata tra i lebbrosi, in mezzo alle rovine del vecchio priorato fuori dalle mura della città, a Bishopsgate.

Era un luogo di desolazione. Qualche rara figura si aggirava qua e là, parlando ad alta voce, vaneggiando rivolta al cielo. I più sedevano o giacevano accanto a piccoli fuochi, troppo esausti per muoversi. Mucchi di ossa e di rifiuti circondavano i vari accampamenti e in quei mucchi cani, gatti e topi scavavano in cerca di cibo, tenuti lontano solo dal fumo. Se qualcuno era troppo spossato dalla malattia per accendere un fuoco, i ratti lo azzannavano per roderlo lì dove si era accasciato.

Alice giunse fino a un gruppo di ripari improvvisati. Era un ricetto di lebbrosi e di ubriaconi, di vecchie marchiate dal vaiolo che bevevano una disgustosa mistura di birra e acqua infetta, di damerini disfatti che si versavano mercurio sulle ferite per curarsi le infezioni.

Alice trovò Elizabeth. Cercò di darle del denaro. Elizabeth ricambiò con uno sputo. Allora Alice lasciò ai suoi piedi una sacca piena d'oro, e mentre si voltava per andarsene, l'altra le gridò: «Alice, dammi il tuo fazzoletto da collo».

Ora, nella cella fetida, Demdike ricominciò a tossire e Alice provò ad allentare lo straccio che portava attorno al collo. Demdike non volle. «Morirò con questo straccio al collo, più stretto di un cappio.» Nella luce untuosa della torcia, Alice scrutò il tessuto ormai irriconoscibile. Demdike disse: «Me l'hai dato tu quel giorno».

Sì. Quel giorno nel lebbrosario di Bishopsgate.

Sentì un tramestio accanto alla porta.

Nella cella, materializzandosi dal nulla, pezzo dopo pezzo, comparve una forma umana. Piedi, inguine, petto, collo, testa. Quella sembianza d'uomo indossava un abito grigio e non portava cappello. Basso di statura, era avvenente e mortifero. Alice lo riconobbe. Lui accennò un inchino: «Mistress Nutter…».

La Vecchia Demdike si era nascosta il viso tra le mani. «È venuto a prendersi la mia anima.»

L'uomo aprì la mano, il palmo coperto di peli neri su cui c'era una bottiglietta di vetro trasparente piena di sangue. «Ho qui il sigillo del nostro contratto» disse.

Alice si sforzò di pensare con chiarezza. Era quasi impazzita per le torture che le avevano inflitto. I reclusi della cella erano impazziti del tutto: avevano perduto la ragione per le loro miserevoli condizioni di vita e per le crudeltà subite. Non poteva che essere un'allucinazione.

L'uomo sorrise, quasi indovinasse quel che lei stava pensando. Stappò la bottiglietta e versò il sangue sulla testa di Demdike. Una goccia cadde sulla mano di Alice e le bruciò la pelle.

Il sangue scorreva sulla fronte e sulle guance di Demdike e lei cominciò a trasformarsi. I capelli s'infoltirono e tornarono scuri. Gli occhi cisposi e incrostati si dischiusero e divennero lucenti. La pelle si ammorbidì e divenne più compatta. Si alzò in piedi. Era tornata a essere Elizabeth Southern. Sorrise ad Alice, e i suoi occhi erano verdi come gli smeraldi che Alice soleva portare. «Vieni con me» disse. «Possiamo andarci insieme. Non è lontano.»

La prigione s'illuminò di una debole luce verde. Il Signore delle Tenebre fece un piccolo inchino. «Alice Nutter, eccovi un'altra opportunità. Tendete la vostra mano e sarà fatto.»

Senza quasi rendersene conto, Alice tese la mano a Elizabeth. Lei la prese con garbo, poi la strinse in una morsa. Aveva sul volto un'espressione dura, esaltata. «Non mi lascerai, questa volta.»

La cella s'incendiò. Alte fiamme affumicarono le pareti. Alice sentiva il fuoco sotto i piedi. Il Signore delle Tenebre prese la mano libera di Elizabeth e accennò una danza. Tra le alte fiamme lui ed Elizabeth danzavano, e Alice cercava di sfuggire a quella terribile morsa. «Non la prenderai!» gridò. «Io sono la vittima sacrificale e non sono ancora morta.»

Alice si liberò e prese tra le mani il viso di Elizabeth dicendo: «Non avrà la tua anima».

Il Signore delle Tenebre si avventò su di lei, latrando e ringhiando. Era come una volpe nera, pronta ad azzannarla con le sue fauci. Le era montato sulla schiena, le affondava i denti nel collo. Lei stringeva ancora tra le mani il viso di Elizabeth. «La sua anima appartiene a me» disse. «Pagherò il prezzo.»

La cella infuocata si oscurò. Alice, appoggiata alla parete, sentì che la porta della prigione si apriva. Entrò il carceriere con una torcia. Il suo volto era bianco di terrore. Abbassò lo sguardo e diede un calcio al corpo inerte della Vecchia Demdike.

Elizabeth Southern non c'era più. La Vecchia Demdike era morta.

# Jennet Device

A Malkin Tower era notte e lei se ne stava seduta lì da sola, masticando il pollo e cantando una ninna nanna. La testa e la manina erano la sua sola compagnia. La testa disse: «Jennet Device! Sono stati portati tutti in prigione. Vuoi che tornino?». Jennet fece segno di no. «Fa' in modo che non tornino» disse la testa.

La bambina andò a raggomitolarsi nel letto pulito della Vecchia Demdike. Non le era mai stato permesso di entrare in quella nicchia. Era vietato persino a sua madre. Era tranquilla e al sicuro dietro la tenda, e poi udì Tom Peeper che apriva la porta della torre, chiamandola per nome. Lei non fiatò. Quella sera non voleva l'arnese duro dentro di sé. Era tutta dolorante.

Lo sentì camminare in giro per la sala. Poi i suoi passi si fermarono e lui vide la testa. Lo sentì imprecare. Ora camminava con passo malfermo. Andò verso la botola aperta che portava in cantina. Era buio, ci sarebbe caduto dentro. Le sfuggì un risolino. Tom si fermò e tese l'orecchio. «Sei tu, Jennet?»

La trovò. Aprì la tenda che chiudeva il suo nascondiglio. La prese tra le braccia umide. «Papà è caduto nello stagno, ma adesso è tornato per riprendere la sua piccolina. Ho un sacco pieno di pane, di formaggio, di mele e di torte, li ho presi nella cucina di Roger Nowell, e noi vivremo qui sani e salvi, solo noi due, papà e la sua piccolina. Qui, vieni qui.» Si stava slacciando i pantaloni. Lei non voleva prenderlo in bocca.

Jennet sgusciò via e lui si lanciò all'inseguimento. La stanza era immersa nell'oscurità. Lo schivò spostandosi di lato, e lui, allungandosi per afferrarla, cadde nella botola aperta, finendo giù in cantina. Jennet capì che si era fatto male.

Facendo appello alle sue poche forze, la bambina sganciò la scala e la buttò nell'apertura. Poi s'infilò sotto la botola spingendo con tutto il corpo per spostarla, e come riuscì a sollevarla s'inginocchiò reggendola fin quando raggiunse il punto di non ritorno e si abbatté con un tonfo, isolando la cantina. C'era un catenaccio. Lo fece scorrere sulla botola e lo inserì nel fermo. Trascinò, una gamba dopo l'altra, il pesante tavolo sopra la botola.

«Brava, Jennet!» disse la testa. «Ora vai a dormire.»

Jennet annuì, prese la manina collocata davanti alla testa e tornò a letto. Per tutta la notte Tom Peeper gridò, e continuò a gridare per tutto il giorno seguente, e per i giorni successivi, e per un tempo che le parve molto lungo, mentre lei consumava le provviste di cibo di una settimana che sarebbero dovute bastare per due.

Poi lui non gridò più.

# Agosto 1612

*Si può legittimamente sostenere che nella contea di Lancaster abbondino streghe di generi diversi, come pure seminaristi, gesuiti e papisti.*

Potts era contento di sé: stava scrivendo un libro.

"Shakespeare" pensò, continuando a riempire il foglio. "Le sue sono solo stupide fantasticherie. Questa è la vita così come è vissuta."

«Dovete per forza scrivere un libro?» gli chiese Roger Nowell, che non ne poteva più di tutta quella storia.

«Posterità. Verità. Testimonianza. Testimonianza. Verità…»

«Posterità» concluse Roger Nowell.

«Ecco la prima pagina della mia opera, con il titolo: *The Wonderfull Discoverie of Witches in the Countie of Lancashire*, di Thomas Potts, avvocato.»

«Presumo vi distrarrà dal pensiero che Christopher Southworth è riuscito un'altra volta a sfuggire alle spie del Re.»

Nella sua cella, Alice Nutter venne a sapere che Jane Southworth era stata rilasciata. La domestica aveva confessato di essere stata istigata da un prete cattolico che le aveva suggerito di accusarla. Poiché Jane Southworth era l'unica protestante della sua famiglia, si era giunti alla conclusione che le accuse contro di lei facevano parte di un subdolo complotto papista. Il giudice si dispiacque per lei e ordinò che fosse riportata subito a casa.

«Gli stregoni più ignobili della terra sono i preti che consacrano croci e ceneri, acqua e sale, olio e unguento, rami e ossa, idoli di pietra a forma di animali; che battezzano le campane appese nei campanili, che evocano i vermi che strisciano nei campi» disse il giudice.

Alice restò in attesa alla finestra tutto il giorno e finalmente vide Jane che veniva accompagnata alla carrozza. Non era più in grado di camminare normalmente.

«Jane!» gridò Alice dalle sbarre della finestra. Jane alzò lo sguardo. Non ci vedeva quasi nemmeno più, dopo cinque mesi di buio, di malattia e di fame.

«È salvo» gridò Alice.

Per un attimo Jane rimase ferma, immobile come una statua, poi alzò lentamente una mano.

Quella sera Alice Nutter ricevette la visita di Roger Nowell.

«Siete cambiata» le disse.

Non aveva usato il suo elisir. Non si era più guardata in uno specchio. Ora prese il piccolo specchio dalla tasca e si spostò verso la luce.

Era proprio lei? Il viso smunto, pieno di rughe. I capelli bianchi. Era ancora bella, anche se c'era una nuova trasparenza in lei, come se la sua pelle fosse fatta di foglie essiccate al sole.

Era vecchia.

# Il processo

I prigionieri vengono condotti nella sala del tribunale di Lancaster e Potts presenta il suo testimone chiave: la bambina, Jennet Device.

È talmente piccola e malnutrita che per farla testimoniare la mettono in piedi su un tavolo.

Via via che vengono portati davanti alla corte, lei li indica con il dito, uno per uno: erano tutti presenti al raduno di streghe che si era tenuto a Malkin Tower quel Venerdì Santo.

Jem Device non riesce a camminare. Per quattro mesi non ha fatto più di dodici passi in una direzione e dodici in un'altra. Ha perso il poco grasso che aveva. Gli occhi brillano come lucciole nel suo corpo distrutto.

Chattox è demente. Sputa e delira, oppure impreca. Vuole essere quello che loro dicono lei sia: una strega. Cos'altro le resta?

Elizabeth Device crede che Satana si sia preso sua madre. Siede in tribunale con le mani legate, livida e ignobile. Ha ancora l'energia per gridare oscenità.

Nance Redfern e Alizon Device sono sdraiate a terra. Non si reggono più in piedi. Si sono ammalate di sifilide, contagiate dal carceriere.

Mouldheels è seduta sul pavimento e si fa scoppiare le vesciche dei piedi coperti di pus. Arriva a toccare l'osso con il dito.

I Bulcock non hanno mai saputo se sono fratello e sorella o marito e moglie. Nessuno gli aveva spiegato che non si poteva essere tutte e due le cose. Lui la cinge con un braccio. Lei si strappa le poche ciocche di capelli spettinati e nasconde la testa. Lui protegge quel poco che resta della mente di lei con il poco corpo che gli resta.

Jennet Device racconta alla corte dei loro demoni, Fancy, Dandy e Ball. Dice che ha volato su un manico di scopa e ha visto il Signore delle Tenebre con sua nonna, la Vecchia Demdike. Jennet parla a lungo della madre. Racconta al giudice del pupazzo e della testa.

Sua madre è talmente furiosa che devono portarla fuori dalla sala e gettarle addosso dell'acqua. Jennet Device non mostra emozioni: non ha nessuna emozione da mostrare.

Jennet guarda gli imputati. Il fratello, che l'ha venduta. La madre, che l'ha trascurata. Le sorelle, che l'hanno ignorata. Chattox, che l'ha spaventata. Mouldheels, che puzzava tanto.

Li nomina tutti, uno dopo l'altro, e li condanna tutti, uno dopo l'altro.

Poi viene fatta entrare Alice Nutter.

«Riconosci questa donna?» le chiede il giudice Bromley. Jennet sorride, si avvicina ad Alice e la prende per mano. «Ha un falcone che è uno spirito. Ha un cavallo che può saltare sopra la luna. Ha da mangiare, da bere, soldi e gioielli. È la più potente di tutti loro.»

Il giudice Bromley chiede ad Alice se ammette la sua colpevolezza. «Sono innocente» dice lei, prima di chiudersi nel silenzio.

Furono condannati tutti. Potts annotò le motivazioni della sentenza: *colpevoli di pratiche magiche, sabba, raduni, assassinii, incantesimi e atti malvagi.*

# La fine

Quella mattina Alice Nutter si svegliò prima dell'alba. Aveva dormito per circa un'ora, perché voleva ricordare cosa si prova quando ci si addormenta. Cosa si prova quando ci si sveglia.

Voleva ricordare i muscoli del suo corpo. La sensazione della fame. Il ritmo del respiro. Se ne stava andando da casa. Il suo corpo era la casa. Voleva congedarsi prima che la sfrattassero.

Roger Nowell entrò nella cella. Le disse: «Se voi foste disposta ad aiutarci a catturare Christopher Southworth, perfino ora io potrei…».

«Non posso» disse Alice.

Roger Nowell abbassò gli occhi. «Volete ricevere la Comunione prima di essere giustiziata?»

«Non è necessario.»

«C'è qualcosa che posso fare per voi?»

«Vorrei il mio abito magenta.»

L'abito le venne portato. Alice si strofinò il viso e i capelli con le ultime gocce di elisir e ruppe la fiala. Si vestì. Prese il piccolo specchio che aveva fabbricato con il mercurio e lo legò al crocefisso di Christopher Southworth. Si appese il crocefisso al collo e lo infilò sotto il vestito.

Era pronta.

Il tragitto dalla prigione di Lancaster al patibolo, a est della città, fu movimentato. La gente bersagliava i condannati, li derideva, li scherniva, li sbeffeggiava, e ne aveva anche paura. I bambini osservavano lo spettacolo seduti sulle spalle dei padri. Vecchie donne, vestite di bianco per mostrare la loro virtù, sedevano davanti alle orde smaniose, brandendo rametti di lavanda e issopo.

C'erano ragazzi con secchi pieni di gatti smembrati: zampe, code, orecchie, teste, visceri. I ragazzi percorrevano avanti e indietro le file, in modo che i presenti infilassero le mani nel secchio per prendere offerte sanguinolente e puzzolenti da lanciare contro il carretto dei condannati.

Sterco e sangue di vacca, urina, vomito e feci umane venivano gettati dalle finestre delle case che fiancheggiavano la strada.

E intanto la gente applaudiva e cantava.

Questo sì che era vero gaudio. Questa sì che era una vera vacanza.

Al Golden Lion c'erano boccali di birra per i condannati. Il clan dei Demdike non aveva parenti o amici che potessero pagare da bere, perché tutti quelli che conoscevano sarebbero stati giustiziati insieme a loro, con l'eccezione di Jennet Device. Tuttavia, qualcuno aveva provveduto a pagare per loro e anche per Alice. Togliendosi di dosso un po' del lordume che gli insozzava le mani e il corpo, bevvero le loro birre.

Ma non Alice. Lei guardava fuori dalla finestra. Vedeva un rapace che volava alto nel freddo mattino. Ali che disegnavano cerchi continui. Era il suo falcone.

Le forche erano costruite con perizia. Le corde erano nuove. Lo spazio sotto la botola era profondo. L'esecuzione sarebbe stata rapida. E poi i corpi sarebbero stati bruciati.

Le prime cinque donne furono condotte sul patibolo insieme a James Device. Chattox ed Elizabeth Device urlavano maledizioni alla folla di persone contente di assistere allo spettacolo per cui erano andate fin lì. James Device sembrava stordito, incredulo. Farfugliava della fattoria dove viveva, ben nutrito, al caldo e al riparo dalle intemperie, e della moglie che avrebbe presto trovato.

Alice guardò i condannati che venivano spinti sul palco della forca. Le donne si dibattevano. Chattox, vecchia com'era, fu subito ridotta all'impotenza. Elizabeth Device dovette essere picchiata. La guardia le diede un pugno in faccia e il sangue uscì da un taglio sopra l'occhio. Era semicosciente. Una fortuna per lei. Li misero in fila.

Poi avvenne tutto in pochi istanti.

Cappio. Collo. Botola.

Un boato si levò dalla folla. James Device, alto e allampanato, non era stato strangolato a dovere cadendo giù nella botola. Un uomo, nelle prime file della folla, allungò la mano e gli tirò le gambe. Alice sentì l'osso del collo che si spezzava.

Ora toccava a lei. Salì sul patibolo. Non si ribellò. Chiese che le slegassero le mani e la sua richiesta fu esaudita.

Il boia stava mettendo il cappio al collo agli altri condannati, uno dopo l'altro. Il pastore chiese loro se si pentivano dell'infame peccato della stregoneria.

Alice sentì risuonare nella sua testa la voce di John Dee. *Scegli la tua morte o la tua morte sceglierà te.*

Non era troppo tardi.

Alzò il braccio. La gente ai suoi piedi gridò, impaurita. La strega li stava maledicendo? Le donne e gli uomini assiepati sotto il patibolo, che prima sgomitavano per avere la vista migliore, si girarono e urtarono gli spettatori alle loro spalle. Si scatenò una rissa. Un uomo diede un pugno al suo vicino e scappò. Una donna, gettata a terra, fu calpestata a morte. L'uomo che aveva tirato per le gambe James Device, mettendo fine al suo supplizio, cercava di togliersi dalla mischia arrampicandosi sul patibolo.

Alice tenne il braccio alzato, e dal cielo pallido di sole scese il falcone.

L'uccello si abbassò nell'aria, volò in tondo, scese in picchiata e si posò sul suo braccio teso. La gente urlava. Nessuno ebbe il coraggio di avvicinarsi.

Alice fissò la folla per un momento. Aveva i capelli bianchi. Era molto cambiata. Ma tra la folla c'era un volto che riconobbe e da cui fu riconosciuta. Sorrise del suo vecchio sorriso. Sembrò di nuovo giovane.

Tirò indietro la testa, esponendo il lungo collo, la gola. Il falcone batté le ali per stare in equilibrio e le affondò le zampe nella clavicola per trovare un appiglio. Con un movimento fulmineo, tuffò la testa in avanti e le squarciò la giugulare.

Nel caos di ciò che accadde dopo, l'uomo saltò sul patibolo e si chinò sul corpo di Alice, aprendole il vestito. Portava il suo crocefisso. Le sollevò la testa, glielo tolse e lo fece ondeggiare davanti alla folla terrorizzata. «Ecco la vostra strega, con un crocefisso al collo.»

«Prendetelo!» gridò Roger Nowell.

Con un balzo repentino, Christopher Southworth sparì. Non riuscirono a catturarlo tra la folla atterrita. Il suo cavallo era lì ad attenderlo. Cavalcò senza fermarsi da Lancaster a Pendle Forest. Poi legò il cavallo stremato per dargli da mangiare e farlo bere nelle acque del fiume e salì sulla cima piatta della collina. Non era ancora scesa l'oscurità: il Cancello del Crepuscolo.

Si tolse il crocefisso di tasca, se lo appese di nuovo al collo, e fu allora che notò l'astuccio di pelle. Lo aprì: conteneva il piccolo specchio fatto di mercurio.

Lassù c'era la nebbia. E faceva freddo. Tremò. Il suo respiro appannò lo specchio, poi, come per magia, la superficie tornò lucida. «Alice?» disse, diviso fra la paura e la speranza. Vide il viso di lei nello specchio.

Si girò di scatto. Alle sue spalle non c'era nessuno.

Il freddo era intenso, acuminato. Come una lama che lo tagliava.

Sarebbero venuti a prenderlo: oggi, domani o dopodomani.

Sente delle voci. Uomini che si avvicinano. Hanno con sé reti e bastoni per dargli la caccia come a un animale. Si accovaccia e striscia nella nebbia bassa e compatta, dove non possono vederlo. I suoi capelli neri sono diventati bianchi e stillano l'umidità della nebbia. È già un fantasma.

Sa che a quest'ora avranno già bruciato il corpo di Alice. Sa che lei se n'è andata.

Si accovaccia e tira fuori il coltello, piegando i polsini per scoprire la pelle. Rosso sullo sfondo bianco. Se c'è un'altra vita, la ritroverà lì.